폭력 교실의 하루

노
예

폭력 교실의 하루

최상훈 지음

노

예

이담북스

서문

곪아버리고 터진 상처 난 마음에 어쩌면 위로란 것은 무리일 수 있다. 그리고 정말 많은 사람이 그런 마음을 감추고 숨기며 살아간다. 가벼운 위로나 조언이 근본적인 정답일 수 없음을 우리는 안다. 세월을 돌아보면 많은 위로를 찾으며 헤매었건만 진정한 위로를 받은 적이 없었던 것 같다. 다만 그런 가운데서도 나의 마음을 그나마 달래 줬던 건 나와 같은 아픔을 감추며 살아가는 사람이 자신의 상처를 용기 내어 말없이 보여 줬을 때 느꼈던 설명할 수 없었던 무언가였다.

정말 아파하고 있을 많은 이들을 향해 다가가서 나의 상처와 환부 그리고 더 나아가 치부를 보이려 한다. 그리고 이제 나에게는 그럴 용기가 생겼다. 다만 바라는 것은 나의 상처와 어두움을 본 사람들이 '같은 아픔을 가진 자'를 보며 편안히 안심하며 쉬어 보길 바란다. 억울하게 나만 당하며 산 게 아니며 나와 아픔을 공유하고 있는 사람이 있으니 안심하라는 그 기쁜 소식이 세상에 그 어떠한 화려한 위로보다 괜찮은 약이 되기를 바란다.

이젠 나의 누추함이 더 이상 창피하지 않다. 더럽고 때 묻었으며 지저분한 내 상처가 창피하지 않다. 돌아보니 그 누추함과 더럽고 때 묻은 지저분한 내 상처는 그리고 그 결핍들은 나를 달리게 하는 동력이었다는 것을 알아 버렸다.

누구나 다 그런 동력을 사용하길 바라진 않는다. 그래서도 안 되고 말이다. 나도 가끔은 예쁘고 아름다우며 깨끗한 마음의 동력으로 삶을 살았다면 얼마나 윤택했을까? 하고 고민해 보기도 한다. 그렇지만 나의 동력은 어두운 것들로 이루어졌으니 이제 돌아보며 한탄하지 않으려 한다. 다만 진정한 마음의 약이 필요한 이들에게 나의 동력들을 내보이며 힘껏 내달린다면 그래도 그 약은 좋지는 않아도 괜찮은 정도일 수 있을 거라는 생각은 든다.

2024년 더운 여름에...

목차

1

노예-폭력 교실의 하루

난 이제 눈물을 흘리지 않는다.
평생 흘릴 눈물을 그때 다 흘렸기 때문이다.

1999년.

1

코가 시렸다. 외풍이 센 집이라서 그렇다. 두꺼운 이불을 덮어서 몸은 따뜻했지만 공기가 차가운 집이라 코가 여간 시린 게 아니었다. 안방에서는 세 명이 같이 잠을 잤다. 새벽이면 늘 일어나셔서 어깨 운동을 하시는 외할아버지와 식사를 준비하시고 나를 깨우시는 외할머니 그리고 19살의 내가 그곳에서 침대 없이 바닥에서 이불과 함께 잠을 자고 일어났다. 아직 밖은 푸르스름한 새벽이다. 학교에 가야 하는 시간까지 그리 긴 시간이 남지 않았다. 오늘도 지각을 할 게 분명했다. 왜냐하면 나는 강박증을 앓고 있었기 때문이다. 당시에는 그것이 강박증인 줄 몰랐지만 오랜 세월을 살고 난 후에야 그것이 강박 질환임을 알게 되었다. 일종의 종교적 강박증이었는데 마음속에서 죄라고 여겨지는 생각이나 감정이 들면 일상을 살다가도 그 자리에 앉아서 기도를 했다. 교복을 주워 입다가도 느낌이 안 좋으면 처음부터 옷을 다시 입었고 자전거를 타고 등교를 하다가도 느낌이 안 좋거나 죄를 지은 것 같으면 자전거를 세우고 주저앉아 기도를 했다. 물론 죄가 생각난 자리로 돌아가서 말이다.(그 자리를 정확히 찾느라 몇십 분을 허비한 적도 있다.) 이런 행동은 5분 주기 혹은 10분 주기로 계속되었고 이른 아침 정상적인 시간에 등교하는 것은 불가능했다. 매번 지각했고 학생 주임 선생님 혹은 학생과장에게 하루를 얻어터지며 시작하는 것이 다반사였다. 아무리 그 행동을 고치려 해도 나를 장악했던 병은 나를 휘어잡고 놓아주질 않았다. 내가 그 병을 앓게 된 이유가 있다. 그것은 바로 불안에 기인한 것이었고 그 불안은 폭력으로부터 왔다. 중학교 1학년 때부터 시작된 학교 폭력은 나를 집요하게 따라다녔다. 해를 거듭할수록 그것은 강도를 더해 갔고 난 점점 어린아이가 감당할 수 없는 불안에 잠식당하게 되었다. 내가 불량한 아이들로부터 주먹질과 온갖 고초를 당하는 이유는 신의 징벌이라는 결론을 내리게 되었고 난 신을 달래고 용서받기 위해 항상 사죄의 기도를 하는… 다시 말해, 폭력은 불안을 불러왔고 불안은 신에 대한 분노를 불러왔으며 다시 폭력이 날 찾아오면 신에 대한 분노가 징벌로 임했다는 반복적인 사고에서 벗어날 수 없었다. 신에 대한 분노는 나날이 커졌고 그만큼 나의 몸과 정신은 고장나고 있었다. 아직은 추운 봄이었다. 자전거가 도로를 달린다. 입김도 나오고 장갑을 끼지 않아 손이 시리다. 부정적 생각이 든 나는 자전거를 그 자리에 세우고 교복이 더러워지든 말든 그 자리에 무릎을 꿇는다.

"주님! 제가 마음속으로 당신을 욕했습니다. 용서해 주세요!"

제법 안심이 되면 일어나 다시 자전거를 타고 학교로 향한다. 이런 행동이 몇 번 반복되면 말한 바와 같이 제시간에 학교에 가기란 불가능하다. 학생과장 선생님은 꾸준히 지각하는 나를 지겹게 여기며 오늘도 매질을 했다. 당시에는 그런 나의 사정을 말할 수도 없고 말해서도 안 되는 그런 것이라 여겼고 그런 것을 말해 봤자 그들에게 병리적으로도 인식되지 못하던 시절이었기에 그 세월을 오롯이 살아 내야만 했다.

"넌 언제 사람이 되려고 그러니? 내일 한 번만 더 지각하면 그때는 정말 각오해라!"

난 정말 지각을 하고 싶지 않았다. 그렇지만 지각을 할 수밖에 없었다. 얻어터진 허벅지를 손으로 문지르며 교실에 들어선다. 벌써 불안하다. 나를 개 패듯이 패는 녀석부터 심부름과 숙제를 시키는 놈 그리고 언어로 조롱하는 놈과 내 것을 갈취하는 놈까지 나를 괴롭히고 유린하는 녀석들은 다섯 명이 넘었다. 그런 놈들과의 하루가 또 시작되었다. 가방에서 무언가가 가득히 적힌 종이를 꺼내어 그놈들 중 하나에게로 간다. 그놈의 이름은 '치선'이다. 그놈은 중학교 시절부터 날 노예처럼 부려 먹고 때리며 갈취했다. 그 녀석이 중학교 입학 초기에 나를 본보기 삼아 아이들 앞에서 한 번의 발길질로 나를 기절시켜 발작을 일으키게 한 후, 그놈을 아무도 함부로 할 수 없게 만들었고 난 거기에 적합한 희생양이 되었다. 한번은 추운 겨울날 살색 내복을 입었다고 때린 적도 있다. 그리고 내복을 착용하다가 발각된 아이들도 치선이 놈은 뺨을 후려쳤다. 그놈은 중학교 시절 3년 내내 나에게 생지옥을 선사했고 좁은 지역 사회에서 같은 고등학교에 진학을 하면서 여전히 나를 때리고 갈취했다. 고등학교에 입학하면서 학교 폭력의 피해자라는 이미지를 벗기 위해 무던히도 노력했는데 나의 꿈같은 희망을 그놈은 오리엔테이션 날에 짓밟아 버렸다. 새로운 친구들이 보는 앞에서 쌍욕을 퍼부으며 담배심부름을 시켰기 때문이다. 그로 인해 나는 힘이 지배하는 남자들의 학급에서 유린당하기 좋은 먹잇감으로 전락했다. 그놈은 나에게 숙제를 시켰다. 1999년 내가 고등학교 3학년 시절, 당시 담임선생님은 백지를 하루에 한 장씩 나누어 주고는 과목 상관없이 앞뒤가 가득 차도록 공부를 한 흔적을 남겨 오라고 했다.

"이제부터 네가 내 것까지 하루에 2장씩 하는 거야! 물론 선생님 몰래 말이다. 너는 글씨체가 나와 다르니까 최대한 다른 글씨체를 구현하도록 해라!"

그것이 시행되던 날, 담배 냄새를 풍기며 나에게 녀석이 하던 말이었다. 그 녀석의 인상을 보면 먼 훗날, 지명수배자 전단지에서 볼 법한 매서운 눈과 광대뼈를 가지고 있었다. 난 그 녀석의 눈을 볼 때마다 소름이 끼쳤다. 지금 기억해 보건대 그놈에게 나는 사람이 아니었고 따스하게 대할 수 있는 인격체도 아니었다. 폭언과 인격 모독과 착취의 대상이었던 노예와 다름이 없었다.

"숙제해 왔어! 여기…."

혹여나 꼬투리가 잡혀 뺨을 한 대 얻어터질지 모르는 긴장감에 용기 내어 말을 걸며 숙제를 전달했다. 책상에 엎드려 잠을 자고 있던 놈은 고개를 들고 종이를 받아 책상 서랍 속으로 넣고 다시 잠을 잔다. 나는 그 상황이 낯설어 머뭇거렸다.

"꺼져!"

그놈이 나지막이 말했다. 내 책상으로 돌아와 가방을 옆에 걸고 아침 조례를 준비했다. 선생님이 들어오셨다. 숙제를 걷어서 종이의 장수를 확인한 선생님은 밝은 웃음으로 아이들을 맞이했다. 내가 고통스러운 학교에서 나를 유일하게 견딜 수 있게 해 주는 선생님이었다. 세계사 과목이었고 특수부대 장교 출신 선생님이었다. 세계사는 내가 가장 좋아하는 과목이기도 했다. 고통스러운 학교 생활 중에 선생님의 역사적 영웅들의 이야기를 들으면 내가 마치 그 주인공이 된 것 같아 마음에 용기가 생기곤 했다. 선생님과 세계사 시간은 나에게 진통제 같은 것이었다.

"자! 숙제는 다들 완료했고 종례 시간에 마찬가지로 한 장씩 또 줄 거야! 이제 고3이니까 장수를 하루 2장으로 늘릴 생각도 하고 있다!"

선생님의 그 말에 간담이 서늘해졌다. 강박증 때문에 수시로 상쇄 행동을 하며 숙제를 하는 나에게 2장도 버거운 양이었는데 그게 두 배로 늘어난다니 내가 당할 고통의 양이 더 늘어나는 것을 의미했다. 치선이 놈은 나에게 그 2장을 전부 맡길 테고 난 오롯이 그 고통을 감당해야만 했다. 마음에 쇳덩이 하나를 더 얹는 것 같은 조례 시간이 끝나고 이내 1교시를 시작하는 종이 울렸다.

2

1교시는 국어 시간이었다. 난 언제나 국어 시간이 곤욕이었다. 내가 처한 상황과 신분을 알고 저항이 없을 거라는 생각에 다른 학생이 나의 국어책을 훔쳐 가 버렸기 때문이었다. 내가 도둑맞은 교과서는 국어책과 독일어책 그리고 수학책이었다. 그래서 난 그 수업 시간에는 책을 미리미리 빌리러 다른 반으로 돌아다녀야 했다. 그날은 책을 빌릴 겨를이 없어 책 없이 수업을 들어야만 했다. 만약 다른 선생님이었다면 몽둥이찜질이었겠지만 다행히 온화한 성품의 국어 선생님이라 그냥 넘어갈 수 있었다. 가물에 콩 나듯 그런 횡재의 시간이 나에게도 오기도 했다. 그러면 얼마나 기쁘던지 하늘의 축복을 받은 듯했다. 그렇게 수업을 들으면서도 나는 끊임없이 강박사고와 싸워야 했다. 죄라고 여겨지는 생각이 계속해서 들었고 기도를 반복해서 했다. 그런 이상행동이 아이들 눈에라도 띄면 그날은 보기 좋게 샌드백이 되어 '병신 같은 새끼'라는 소리를 들으며 심한 주먹질을 당해야 했다. 주먹이 얼마나 맵던지 헛구역질이 나기도 했다. 그래서 상쇄 행동을 안 하기 위해 최선을 다해 수업에 집중했다. 그래도 샤프펜슬을 들고 필기도 하고 중요한 곳에는 밑줄도 그었다. 나는 색연필이나 색 볼펜이 없었다. 왜냐하면 다른 녀석들이 전부 훔쳐 가 버렸기 때문이었다. 가난한 형편에 간식을 포기하고 빨간색 볼펜을 하나 사면 3일을 넘기지 못했다. 내가 같은 반 아이들에게 환멸을 느꼈던 이유는 그들 대부분이 도둑질을 사랑했기 때문이었다. 사기만 하면 도둑맞은 볼펜들이 나에겐 참 많았다.

"우진아! 그래도 색이 있는 볼펜으로 밑줄도 긋고 메모도 하고 그러면 참 좋은데….”

　온화한 미소로 국어 선생님이 말씀하셨다. 그간의 내 사정을 아
시는지 모르시는지 게을러 보이는 나에게 그리 말씀하셨다. 수업
이 진행될수록 자꾸 눈이 감겼다. 다른 녀석들의 괴롭힘과 많은 생
각으로 내면이 지쳐 있던 나는 항상 잠으로 도망치기에 바빴다. 학
교에서도 많은 시간을 졸면서 보냈다. 잠이 넌지시 든 시간은 고민
하지 않아도 되었고 공포나 불안에 시달리지 않아도 되었기 때문
이었다. 그래도 선생님께 감사한 건 이렇게 수업 시간을 빌려 휴식
을 취해도 뭐라 하지 않으셨다는 것이다. 1교시가 끝나면 10분의
쉬는 시간이 주어진다. 그렇지만 나는 그 시간 동안 다음 수업을
준비할 수 없다. 폭력배들과 그 아이들에게 기생하는 녀석들의 책
을 준비해야 했기 때문이다. ‘대강’ 이놈은 악질 중에서도 악질이
었다. 나와 동일하게 수학책을 잃어버리고 매번 수학 시간마다 나
에게 책을 빌려오라는 심부름을 시켰는데 혹시라도 깜빡해서 책
을 빌리지 못해서 우리 둘 다 선생님에게 얻어터지는 날이면 나는
참 운수 없는 날이 되곤 했다. 내 얼굴에 침을 뱉거나 단단한 주먹
으로 분이 풀릴 때까지 때렸다. 다른 반을 기웃거리며 그나마 말을
하고 지낸 아이들에게 (친구라고 하기는 어렵다. 그 아이가 나를
친구라고 생각하지 않을 수도 있으니 말이다.) 사정을 해서 책을
빌렸다. 그리고 또 다른 아이에게 통사정을 했다.

"나 이번 시간 수학책 좀 빌려 줄래? 깜박하고 안 가져왔어! 필기는 전혀 안 하고 깨끗이 보고 가져다줄게!"

다행히도 운 좋게 2권을 10분 안에 빌릴 수 있었다. 대강이란 놈은 이른 나이에 성관계의 맛을 알아버렸다. 머릿속은 온통 포르노로 가득 차 있었고 잘생긴 얼굴로 어떻게 하면 한 명이라도 여자들을 더 따먹을지를 궁리하는 것이 삶의 고민이었다.

"난 에이즈 걸리면 이년 저년이랑 다 해서 전부 옮기고 죽을 거야! 나 혼자 죽기는 억울하지!"

녀석이 입버릇처럼 했던 말이다. 잘생긴 얼굴을 믿고 배우가 되고 싶어 했던 녀석인데 연기학원을 다닌다며 강제적으로 시행되는 야간 자율 학습을 담임선생님과 합의하에 불출석했다. 훗날 연기학원을 때려치우고 계속 다니는 척하며 야간 자율 학습을 빼먹다가 호되게 대가를 지불한 후, 다시 야간 자율 학습에 참석하게 되고야 말았다. 난 종이 울리기 전에 겨우 달려가 대강이 놈에게 책을 주고 나 또한 빌린 책을 펴서 수업을 준비했다. 다행히도 내 책에는 진행될 수업의 문제에 대한 답이 모두 적혀 있었다. 이것만 잘 외워서 답한다면 깐깐하고 화가 많은 수학 선생님의 매질을 피해 온전하고 쾌적한 수학 시간을 보낼 수 있었다. 수업이 시작되었고 박달나무로 만든 몽둥이를 들고 수학 선생님이 들어오셨다.

"지난 시간 몇 페이지까지 했지?"

이제 하루에 반도 지나지 않았는데 선생님은 피곤함에 지칠 대로 지쳐서 우리에게 물었다.

"예! 이번 시간에 등차수열의 일반항 하신다고 하셨어요!"

반에서 가장 정상적이며 인간다운 인격을 가진 반장 아이가 대답했다. 학생 신분에 대한 비관이나 불평이 없던 우현이는 우리 반 반장이었다. 항상 한 문제라도 더 풀기 위해 갖은 애를 썼고 자투리 시간을 이용해 무던히도 공부를 했다. 수업을 진행하던 선생님은 반의 수업 분위기가 마음에 안 들었는지 칠판에 문제를 적고 무작위로 호명하여 문제를 풀게 했다. 운이 억세게도 없던 나는 그 호명에 걸려들었고 수학이라고는 4칙 연산만 할 줄 알았던 나였기에 칠판의 문제는 아인슈타인의 상대성이론을 증명하는 거나 다름이 없었다. 그렇지만 그날 빌린 책에 답과 설명이 보기 좋게 적혀 있었으니 난 책을 들고 나가 보기 좋게 그것들을 옮겨 적었다. 그런데 바람을 가르는 소리와 함께 수학 선생님의 몽둥이가 나의 허벅지를 파고들었다.

"누가 보고 하래?"

평소 나의 수준을 알던 수학 선생님은 나의 책을 검사했고 책 주인이 내가 아니란 사실에 격분한 눈을 뜨기 시작했다. 그리고는 몸을 칠판 쪽에서 교실 쪽으로 돌렸다.

"책을 안 가져오거나 옆 반에서 빌려온 새끼들 다 일어나!"

그 말에 대강이 녀석과 아이들 몇이 주저하며 일어났다. 우리들은 전부 복도로 불려 나갔고 바닥에 엎드려 선생님에게 몽둥이찜질을 당했다. 나는 당장의 매질에 대한 두려움보다 대강이 녀석이 나에게 복수한다며 날 또 두드려 팰 생각에 앞이 깜깜했다. 다들 다섯 대씩 얻어맞고 허벅지를 비비며 일어났다. 수업이 끝나면서 선생님은 미련 없이 교실을 떠났고 나는 빌려온 책을 반납하고 대강이와 대면하는 시간을 가졌다.

"너 때문이잖아! 개새끼야!"

그 녀석은 내가 걸리지만 않았어도 이런 일은 없었을 거라 생각하는 것 같았다. 스스로가 책을 안 가져온 잘못이 아니라 내가 걸려서 자기가 피해 봤다고 분노하는 것이었다. 녀석은 바람을 가르는 소리와 함께 나의 뺨을 후려쳤고 나는 이명에 걸린 듯 귀에서 명한 소리가 들렸다. 마찰 소리가 너무 커서 대강이 녀석도 당황했는지 더 패려다가 이내 나더러 꺼지란 말과 함께 자리로 돌아갔다. 마음속에서 분이 차올랐다. 아침에 하나님을 욕한 생각에 대한 징벌로 오늘도 피할 수 없는 폭력이 시작되는가 싶었다. 또다시 마음속에 전능자에 대한 욕과 미움과 분노가 피어오른다. 그러면서 두려움이 또 찾아 든다.

'난 이제 이 욕에 대한 징벌을 오늘 또 경험하겠구나!'

무한 반복이었다. 흡사 뫼비우스의 띠처럼 폭력을 당하고, 전능자를 욕하고, 두려워하고, 그런 강박적 생각에 사죄하는 상쇄 행동을 하고, 또 징벌이라 여기는 폭력이 찾아오고, 이 패턴이 이제 6년째였다. 도무지 멈춰지지를 않는다. 적어도 내 생각의 고리 안에서는 전능자는 아이들을 이용해 나에 대한 폭력을 멈춘 적이 단한 번도 없었다. 자리로 돌아가 히죽거리는 대강이 놈을 봤다. 놈은 꽤 이른 나이에 성관계의 맛을 알았다. 주말이면 사장님들이 묵인해 주는 술집에 가서 술을 먹고 같은 고등학생 신분의 여자 친구를 데리고 시내 외곽 모텔로 가서 성관계를 즐기곤 했다. 가끔은 그런 상상을 했다. 몰래 무기명으로 학생과장에게 편지를 써서 대강이 놈이 하고 다니는 짓을 까발리는 것이다. 그러면 녀석은 학교를 잘릴 테고 나를 주기적으로 때리는 놈이 하나 줄어드는 셈이니 얼마나 좋은가? 그렇지만 그럴 수가 없다. 그런 행동을 했다가는 전능자의 더 크고 호된 벌이 기다리고 있을지도 몰랐다. 악을 악으로 갚지 말라 했으니 그냥 오롯이 버티는 수밖에 없었다. 그런데 그런 삶은 1999년의 19살의 내가 감당하기에는 너무나 무겁고 아픈 것이었다.

3

내가 만약 나를 때리고 괴롭히는 놈들 전부를 세세히 학생과장에게 전부 고발한다면…. 그래서 그놈들을 곤경에 처하게 만든다면… 무슨 일이 일어날까 하고 말이다. 그 녀석들이 나에게 자행했던 잔인무도한 행동을 전부 다 알게 하는 것이다. 19살의 인간이 행했다고는 절대 볼 수 없는 그런 악행들을 알게 하면 그 녀석들은 전부 퇴학당하거나 정학을 당할 게 분명했다. 아마 문과 반 4개 학급을 통틀어 주범 12명 이상이 퇴학을 당할 수도 있었다. 그렇지만 그럴 수 없었다. 용기가 없었던 것이다. 그리고 분노를 마음에 꾹꾹 누를 줄만 알았지 나를 위해서 터뜨리는 법은 알지 못했다. 아무 일도 하지 않으면 아무 일도 일어나지 않는다는 사실을 알지 못했다. 적어도 내가 아는 대강이란 녀석은 반사회적 인간이 분명했다. 사람에게 폭력을 재미로 행사하는 녀석이었고 그 고통의 눈물을 유희로 여겼다. 그리고 여자는 사랑의 대상이 아닌 성적 욕구를 채워 주는 대상이었다. 그 녀석의 입에서는 항상 '보지'라는 말이 떠나지 않았기 때문이다. 그런 놈과 한 반을 구성하고 있다는 내 인생이 그렇게 저주스러울 수 없었다. 대강이 녀석의 또 다른 주특기는 얼굴에 침을 뱉는 것이었다. 거침이 없었다. 목표물이라고 생각되는 연약한 아이가 있다면 망설임 없이 침을 뱉었다. 상대가 순간 불쾌해하거나 움찔하면 스스로도 멈추기 마련인데 그러든 말든 마음대로 뱉었다. 한번은 대강이 옆자리에 앉아서 수업을 받던 날이 있었다. 그날도 여지없이 얼굴에 침을 뱉기 시작하더니 닦아내고 닦아내도 계속 뱉었다. 정말이지 역한 냄새였다. 분명히 대강이 녀석도 부모가 있을 텐데 그런 아들의 망나니 같은 모습을 보고 부모는 뭐라고 생각할까? 하는 궁금증이 생겼다. 나는 다시 내 책상으로 가서 고개를 숙이고 기도를 드린다. 마음 한구석에 징벌을 당했다는 생각에 분이 차오르지만 이를 억누르며 회개의 기도를 한다.

'하나님! 잘못했습니다. 제가 하나님을 향한 분노의 마음을 품었습니다. 징벌하시는 것에 대한 분노의 마음을 품은 죄를 용서해 주십시오!'

이렇게 기도를 하고 나면 다음 징벌은 없을지도 모른다는 생각에 마음이 한결 편해진다. 징벌 즉, 폭력보다 가벼운 것은 심부름이었다. 책을 빌려오는 심부름은 아주 가벼웠고 대강이나 치선이는 입이 심심하거나 출출하면 나에게 간식 심부름을 시키곤 했다. 대강이가 잘 처먹는 음료는 콜라였고 치선이 새끼가 사랑했던 간식은 빵이었다. 이제 쉬는 시간이 3분밖에 남지 않았는데 다급하게 치선이 녀석이 날 부른다.

"우진이! 이리로 뛰어와!"

느리게 움직이면 주먹으로 얼굴을 맞을 수가 있기에 재빨리 치선이 놈에게 다가갔다.

"왜 불렀어?"

주머니를 뒤적거리더니 오백 원짜리 동전을 나에게로 던진다. 간신히 받아냈다.

"매점 가서 빵 사와!"

"지금?"

"빨리 뛰어! 개새끼야!

나는 뒷걸음질 치며 얼마 남지 않은 쉬는 시간에 매점으로 뛰었다. 슬리퍼를 신고 얼마나 전력으로 뛰었는지 숨이 가빴다. 3분이 안 되는 시간에 모든 걸 끝내야 했기에 아직도 얼얼한 뺨을 문지르며 죽어라 달렸다. 운동장을 가로질러 매점에 도착해 매점 아주머니 손에 동전을 쥐어 드리고 소보루빵을 집어 방향을 틀어 냅다 달렸다. 건물 안으로 들어섰을 때 수업을 시작하는 종이 울린다. 2층까지 겨우 뛰어 교실에 들어섰다. 빵은 주머니에 안전하게 있었고 아쉽게도 교실 안으로 화학 선생님과 동시에 입장했다. 화학 선생님은 무자비했다. 수업의 시작을 알리는 종이 울리고 들어오는 학생들에게는 무자비한 폭력을 행사했다. 나는 보기 좋게 끌려 나가 칠판에 손을 짚고 허벅지 세 대를 맞았다. 다행히도 빵은 무사히 지켜냈고 아이들에게 건네고 건네져 치선이 놈에게 빵을 줄 수가 있었다. 서글펐다. 난 잘못이 없는데 이유도 없이 선생님에게 맞아야 하는 것이 슬펐고 내가 선생님에게 얻어터진 데 대한 미안함 없이 빵을 몰래 먹고 있는 치선이 놈을 보니 또한 분이 차오르고 슬펐다. 이내 수업이 시작되었다. 화학 수업 시간에 한눈을 파는 건 곧 죽음을 의미했기 때문에 전심을 다 해 수업에 집중할 수밖에 없었다. 내 짝이었던 기용이는 나를 괴롭히는 녀석은 아니었지만 나를 자신과 동등한 인격의 학생이라고는 생각하지 않았다. 나 자신이 반에서 모두의 아래에 속하는 노예 그 어디쯤의 계급임을 기용이는 잘 알고 있었고 나에게 다른 친한 친구처럼 대하지는 않았다. 그렇다고 아예 무시하거나 업신여기지는 않았다. 농담도 나에게 해 주고 단둘이 야간 자율 학습이 끝나고 집의 방향이 같아서 걸어갈 때면 과자도 사 주고 그랬다. 물론 다들 있는 자리에서 그런 것은 아니었지만 그렇게라도 나에게 농담해 주는 기용이가 고마웠다.

"기용이는 애국자가 아니네… 볼펜이 전부 일본제야!"

기용이의 필통에 필기구를 유심히 바라보던 화학 선생님의 말이었다. 그랬다. 기용이의 모든 필기구는 독일제 아니면 일본제였다. 집이 매우 부자라서 그랬는지는 모르지만 기용이네 집에서 기용이 아들 하나였기에 물심양면 부모님의 지원을 받았다.

"우진이는 애국자구나! 국산 샤프를 사용하고 있어!"

선생님의 그 말에 나와 기용이는 지레 겁을 먹었다. 체벌은 아니더라도 다시 한 번 그분의 무소불위의 권력을 사용해 우리를 골려 줄 것만 같은 생각이 들었다.

"기용이는 우진이 볼에다 뽀뽀를 해라! 얼마나 착한 아이냐?"

그 말에 기용이는 머뭇거렸고 나 또한 예상치 못한 상황에 당황했다. 우리가 망설이자 선생님은 몽둥이로 우리를 위협했고 기용이의 입술이 아주 느리게 내 볼을 향했다. 나도 기용이 쪽으로 볼을 내밀었다. 기용이는 천천히 내 볼에 입맞춤을 했고 화학 선생님은 아주 만족스럽게 웃었다. 그래도 다행이었다. 기용이는 나에게 그 일을 빌미로 폭력을 행사할 녀석은 아니었다. 화학 시간은 나에게는 고충이 가득한 시간이었다. 화학은 수학과 아주 밀접한 관련이 있었기 때문에 화학식을 푸는 것은 나에게 고대 수메르 문자를 해석하는 정도의 어려움을 안겼다. 그래도 화학 선생님에게 얻어터지지 않으려고 그 시간만큼은 열심히 칠판을 쳐다보았다. 그러나 그게 다였다. 생각은 물론이고 계산조차 할 수 없었다. 끊임없이 피어오르는 불안이 나를 분노케 했고 전능자를 욕하는 생각만 되풀이했다. 수업 시간에 찰나를 이용해 주위를 둘러보았다. 반에서 노예처럼 사는 놈은 나밖에 없었다. 몸이 약해도 공부를 매우 잘해서 스스로를 보호할 줄 아는 녀석도 있었고 몸이 건장하게 발달해 불량한 녀석들도 건드려 봤자 얻을 게 없어 평화조약 같은 걸 암묵적으로 맺어 폭력을 맛볼 일 없는 녀석도 있었다. 그리고 생긴 게 멀끔하게 잘생긴 애들 또한 불량배 같은 녀석들이 건드리지 않았다. 다만 나처럼… 아니다. 오로지 나만 왜소하며 공부도 못하고 저항할 힘도 용기도 없으며 외모 또한 빅토르 위고의 소설 〈노트르담의 꼽추〉의 콰지모도처럼 생긴 나만이 유일한 유린과 착취의 대상이었다.

　불량한 녀석들의 아주 영악한 점은 불량한 녀석이 전학을 오면
대결 구도를 갖는 것이 아니라 나 같은 애들을 같이 유린하고 착
취하면서 카르텔을 형성한다는 것이다. 서로가 마찰을 빚으면 피
해를 볼 것을 알기에 최대한 서로 존중하며 우애 있게 지낸다. 고
등학교에 입학하면서 지옥 같았던 중학교의 날들을 잊고자 새로
운 시작을 하고 싶었다. 그렇지만 치선이 놈 때문에 나의 간절한
소망은 물거품이 되었고 치선이 놈은 모두들 보는 앞에서 나를 짓
밟고 때리며 무시했다. 당시에는 옆 반임에도 착취의 대상을 찾지
못한 치선이 놈은 나에게까지 찾아와 숙제를 시켰다. 그렇기에 그
날 나의 신분은 노예이자 불량배들 사이에서는 '좆밥'이라는 정체
성이 부여되었다. 그렇게 치선이 놈 때문에 다른 놈들도 나를 유린
할 수 있었다. 3교시가 되면 슬슬 배가 고파진다. 집안 형편이 어
려웠던 나는 허기를 달랠 시간과 돈이 항상 있지는 않았다. 그래서
점심 급식이나 저녁 급식을 최대한 많이 먹어 둬야 늦은 시간까지
진행되는 야간 자율 학습까지 버틸 수 있었다. 학업에 대한 열정도
폭력으로 인해 하루를 무탈하게 보내는 것으로 목표가 바뀐 후, 전
부 사라져 버렸다. 그냥 얻어터지지 않고 하루를 버티면 그날은 축
복받은 날이었던 것이다. 그냥 배고픈 돼지처럼 미래에 대한 열정
도 꿈도 없이 불안에 시달리지 않고 밥만 잘 먹으면 되는 그런 학

생으로 생활한 지가 2년이 넘었다. 하루 중 나를 위로하는 시간은 점심과 저녁 시간이었다. 3교시 화학 시간에 눈으로는 열심히 칠판을 바라보면서 머릿속으로는 오늘의 급식 반찬을 생각해 본다. 그 상상을 하는 시간만큼은 참으로 즐겁다. 수업을 듣다 보니 아직도 대강이 녀석이 후려친 뺨이 얼얼하다. 대강이 녀석은 얼마나 끔찍했던지 가끔은 꿈에도 나왔다. 그러면 나는 가쁜 숨을 몰아쉬며 깨곤 했다. 선생님 몰래 대강이 놈을 쳐다보니 소유한 PCS폰으로 누군가와 문자를 주고받는 것 같았다. 용기도 좋았다. 화학 시간에 그러다 걸리면 선생님에게 비명이 나오도록 선생님 손아귀로 고환 지압을 당하고 PCS폰은 압수될 게 당연한데 그놈 역시 제멋에 취해서 잘생긴 얼굴만 믿고 이 여자 저 여자를 따먹는 맛에 미래에 대한 열심 있는 대비 없이 사는 놈이었다. 그렇기에 그놈이나 나나 학급 등수에서는 매번 꼴찌를 다투는 것이 가능했다. 그놈이 악질임을 알게 된 사건이 있었다. 고등학교 1학년 시절, 우리 학교는 실내에서는 실내화를 신고 생활했는데 만약에 복도나 교실에서 신발을 신고 있다가 걸리면 남자 선생님들의 무자비한 응징이 가해졌다. 그래서 실내화를 자주 도둑맞던 내 경우는 그냥 양말에 맨발로 더러운 복도를 돌아다녔다. 10시에 종이 울리면 야간 자율학습이 끝났고 집으로 돌아갈 수 있었다. 여기서 우리의 불량한 대강이 놈은 1분이라도 더 빨리 나가려고 신발을 챙겨 신고 의자에 궁둥이만 살짝 붙이고 있었다. 자율 학습을 끝내는 종이 울리자마자 대강이 녀석은 복도로 뛰었고 특수부대 장교 출신의 세계사 선생님, 훗날 우리의 담임선생님에게 보기 좋게 눈에 띄었다.

"야! 너!"

세계사 선생님의 지적에 대강이 놈은 다시 교실 안으로 들어왔고 많은 아이들 사이에 숨은 채 자신을 가렸다. 그러나 포기를 모르는 세계사 선생님은 들어와서 범인을 기어이 색출해 내고 말리라는 의지를 보였다.

"조금 전에 신발 신고 복도에서 뛴 새끼 나와!"

하지만 아무도 나가지 않았고, 대강이 놈은 웃으며 눈치를 보았으며, 아이들은 대강이가 두려워 고자질을 할 수 없었다.

"그래! 해보자 이거지? 전부 책상 위에 꿇어앉아서 의자를 머리 위로 들어라! 팔은 귀에 붙이고!"

세계사 선생님의 그 말에 교실은 웅성거렸다. 아이들은 의자를 끄는 소리를 내며 책상 위에 꿇어앉았고 그것을 머리 위로 번쩍 들어 올렸다.

"지금이라도 나오면 여기서 끝내겠다! 나와라!"

팔이 후들거렸다. 아이들도 힘들었는지 끙끙거리는 소리가 여기
저기서 울렸다. 그중에 민규라는 아이가 유독 부들거렸다. 민규는
다른 먼 지역의 중학교에서 전학해 온 학생으로 다니던 중학교에
서는 싸움을 잘했다고 들었다. 민규는 잘 알지도 못하는 대강이 때
문에 분노에 차오르는 듯했다. 나는 내심 누군가 대강이 녀석을 고
자질해 주길 바랐지만 대강이 녀석의 주먹이 무서웠던 아이들은
함구할 수밖에 없었다. 대강이 놈만 두려운 것이 아니라 대강이를
일러바쳤다가는 카르텔을 형성한 대강이 놈의 무리들로부터 집단
린치를 당할 수가 있었기에 침묵을 택하는 수밖에 없었다. 집에 갈
시간이 지나고 체벌 받는 시간이 20분을 넘어서고 있었다. 다른
모든 아이들이 자신 때문에 고통을 당하는데도 대강이 놈은 눈 하
나 깜짝이지 않았다. 그 얼굴에는 미안함도 죄책감도 없고 다만 이
시간이 빨리 지나길 바랐을 뿐이었다.

"너희들은 2학년 올라오면 보자! 각오하고 올라와라!"

그러면서 세계사 선생님은 재빠르게 교실을 나가버렸고 다들
웅성거리며 의자를 원위치에 놓았다. 대강이 녀석은 다른 아이들
에게 미안하다는 말 한마디 없이 싱글벙글하며 교실을 떠났고 민

규는 분노에 치를 떨며 저놈은 누구냐고 물었다. 나는 내심 둘이 시원하게 한판 붙기를 기대했다. 그래서 민규란 녀석이 대강이 놈을 개 패듯 패주길 바랐다. 그러면 나로서는 이이제이이며 무혈입성을 한 셈이었다. 하지만 내심 민규도 피를 보기 싫었는지 그냥 넘어갔다. 내 눈앞에서 대강이 놈이 얻어터지는 걸 직접 관람할 수 있는 절호의 기회를 놓친 아쉬운 그때였다.

화학 시간은 더디게만 흘러갔다. 용을 쓰고 이해해 보려고 해도 이미 기초를 놓쳤으니 알 턱이 없었다. 미래를 준비할 내면의 힘이야 이미 없었고 하루를 버틸 만한 힘만 겨우 있던 나는 내가 처한 고난의 사실들을 선생님들에게도 철저히 숨겨야만 했다. 선생님들에게 탄로 나는 것 역시 철저한 내 책임이었고 그것이 탄로 나서 불량배 녀석들이 징계를 당하면 몇 곱절이나 크게 보복당할 것이 분명했기에 선생님들 앞에서는 명랑한 학생인 척 연기하는 수밖에 없었다. 마음에는 슬픔과 분노를 가득한데 누구 앞에서는 긍정을 뿜으며 살아감은 정말 비극이었다. 수업이 지루해질 때쯤 화학 선생님은 한 가지 실험을 보여 주시겠다며 실험에 동참할 학생 한 명을 지원받았다. 성적을 올리기 위해 반에서 분투는 하고 있으나 좀처럼 성적이 오르지 않는 창식이가 당첨되었다. 성적이 잘 오르지 않는 것만 빼면 창식이는 건전하게 학교 생활을 잘 영위해 나갔다. 무엇보다도 힘이 정말 장사라서 턱걸이를 무척이나 잘했다.

"이제부터 시험관에 염화칼륨 용액을 넣고 망간을 넣을 거다! 그러면 기포가 발생하겠지?"

"네!"

우리들은 다 같이 힘차게 대답했다.

"그러면 그 기포가 뭘까?"

"산소입니다!"

반에서 공부를 잘하는 몇 명의 무리들이 자신 없는 목소리로 대답했다.

"염화칼륨 용액에 망간을 넣고 기포가 생기면 다른 시험관으로 위쪽을 막는다. 그래서 산소가 담아지면 엄지손가락으로 꽉 막고 있다가 라이터를 켜서 대는 순간에 개방을 할 거야! 그러면 어찌 될까?"
"불이 산소를 만나 반응이 일어납니다!"

"그래! 마음에 든다."

긴장하는 마음으로 창식이는 시험관을 받아 들었고 화학 선생님은 염화칼륨 용액을 시험관에 넣어 주셨다. 그리고 곧이어 작은 망간 덩어리를 시험관에 넣었다. 곧 기포가 생기기 시작했고 창식이는 얼른 다른 시험관을 이어받아 시험관 위쪽을 다른 시험관으로 막았다. 그리고는 오른손에 넣고 꽉 움켜쥐었다.

"만약에 라이터를 댔을 때, 산소가 발생하지 않으면 창식이 너는 각오해라!

화학 선생님의 그 말에 창식이의 눈은 긴장의 빛이 역력했다. 실험의 실패가 뭘 의미하는 줄 알고 있었기 때문이다. 그런데 문제는 그게 아니었다. 염화칼륨 용액이 시험관 벽에 묻어 있었고 아주 작은 망간 덩어리가 그곳에 붙어서 열을 발생시키기 시작했는데 창식이가 꼭 말아 쥔 손아귀에서 그 열이 발산하기 시작했다는 것이다. 그 열은 꽤나 뜨거웠고 창식이는 소리를 지르기 시작했다.

"그거 놓기만 해봐! 고환을 지압해 줄 테니까!"
"으앗! 으앗!"

고개를 이리저리 흔들고 몸서리치며 선생님의 교탁을 다른 손바닥으로 내려쳤다. 창식이의 그 모습에 교실은 온통 웃음바다였다. 덩달아 나도 같이 웃을 수 있었다. 내가 웃었다고 창식이는 나에게 복수한다거나 그럴 아이는 아니었다. 그 덕에 나도 마음껏 웃을 수 있었다. 그렇지만 한편으로는 참 슬펐다. 특별한 경우에만 소속감이며 온기를 느낄 수 있었지, 같이 웃던 이 아이들은 고통스러운 내 삶에 그 어떤 개입도 참견 같은 것도 없었기 때문이다. 괜히 나를 감싸주고 나를 위해 싸우다가는 불량배 무리들의 공격 대상이 될 것이기에 나라는 존재는 철저히 외면당하는 수밖에 없었다. 그래도 가끔 이렇게나마 소속감을 느끼며 웃는 것이 참 좋았다.

"너였으면 벌써 손 났어!"

창식이가 울분을 토하며 자리로 돌아갈 때 한 말이었다. 물론 창식이의 산소 발생 실험은 성공적이었다. 덕분에 우리는 평화로운 화학 시간을 보낼 수 있었고 창식이는 고환 지압을 당하지 않아도 되었다. 나는 그래야 했다. 선생님들에게도 이런 비참한 삶을 들키지 않아야 했지만 아이들에게도 동정이나 관심을 구걸하고 싶지 않아 웃는 연습을 참 많이도 했었다. 그래야만 나도 학급 일원이라는 소속감을 억지로나마 느낄 수 있었고 마지막 남은 자존심을 지키는 방법이기도 했다. 불량배들의 괴롭힘과 폭력보다 더 무섭고 추웠던 것은 같은 반 아이들이 나와 어울리지 않는다는 사실이었다. 물론 나를 존중해 주고 위로해 주는 친구도 몇 있었다. 그렇지만 대부분은 자기들도 불량배들에게 피해를 볼까 봐 나를 철저히 멀리했다. 그렇게 제법 이른 나이에 나는 인간은 선한 존재가 아님을 윤리 시간을 거치지 않고도 알게 되었다. 주위를 둘러보니 대강이 놈은 여전히 PCS로 누군가와 문자를 계속 주고받았다. 아마도 옆 고등학교에 다니는 또래 여자아이를 따먹기 위해서 물밑 작업을 하거나 얼마 전에 본 같이 어울려 다니는 대학생 누나일 수도 있었다. 탈이 잘생긴지라 여자들에게 인기가 많았던 대강이 놈은 추악한 인성은 알려지지 않은 채 얼굴 하나로 그렇게 재미있고 영양가 있는 학생의 삶을 살았다.

'아마도 저 핸드폰은 엄마를 조르고 졸라서 산 거겠지?'

그런 생각이 들었다. 아마도 아들이라면 그리고 자식이라면 무조건적인 사랑을 베풀며 아이가 그릇되든 말든 방목하듯 무법자로 키우는 부모일 거라는 생각이 들었다. 그렇게 키웠으니 사람의 고통에 공감할 줄 몰랐고 오히려 고통을 주는 것을 기뻐하며 여자와 남자 그리고 연약한 사람들을 자신의 유희로 여기며 살아가는 것인지도 몰랐다. 19살이라는 나이에 말이다. 도덕도 선도 없이 오로지 유희만을 탐닉하는 19살의 삶! 도무지 이해할 수 없었다. 드디어 화학 시간이 끝나는 종이 울렸고 다행히도 고환 지압을 당하는 학생은 한 명도 없었다.

우리가 고환 지압을 처음 알게 된 것은 고등학교에 입학하고 시간이 얼마 지나지 않고서다. 화학 선생님을 처음 본 날은 입학 며칠 전 신체검사를 할 때였는데 범상치 않은 기운이 뿜어져 나왔었다. 아이들을 가르치기 위해 폭력을 아주 잘 사용할 것 같았으며 자신의 주장을 관철시키기 위한 수단과 방법을 가리지 않는 사람처럼 보였다. 공통과학 시간에 수업을 들으며 떠들다 걸리거나 졸거나 숙제를 해오지 않으면 고환 지압은 실행되었다. 순서는 이러했다. 체벌을 당할 아이는 화학 선생님 앞에 두 다리를 어깨너비만큼 벌린 후, 뒷짐을 진다. 그리고 어떠한 고통이 엄습해도 허리를 숙여서는 안 된다는 주의를 듣는다. 그리고 곧바로 오른손을 이용해 우리들의 고환을 쥐어 잡는다. 오렌지를 착즙하듯 있는 힘을 다해 누른다. 그러면 교실 안에는 비명이 울려 퍼지고 아이는 반사적으로 허리를 숙인다. 그러면 화학 선생님은 망설임 없이 몽둥이로 아이의 등을 사정없이 후려치거나 지압의 강도를 더 높였다. 한번은 날짜를 착오해서 15명가량이 숙제를 해오지 않은 적이 있었다. 첫 번째로 내가 당하고 선생님은 나머지 15명을 처벌하는 게 귀찮았는지 나에게 형 집행을 위임했다. 나도 알고 아이들도 알았다. 내가 악의를 가지고 그 행동을 하는 게 아니라는 것을 말이다. 나는 선생님 눈치와 아이들 눈치를 보며 차례차례 형을 집행했고 교실은 비명이 떠나가도록 울렸다. 화학 선생님은 형벌을 집행하다가 묻곤 했다.

"오른쪽이야? 왼쪽이야?"

그러면 아이는 힘이 가해지는 쪽의 고환 위치를 답해야만 했다.

"외… 왼쪽입니다!"

그렇게 화학 시간은 우리에게 공포의 시간이었다. 그런 화학 시간에 대강이 놈은 생각 없이 여학생과 문자를 열심히 주고받았다. 천운으로 대강이 녀석은 그 시간을 무사히 넘겼고 나 또한 다른 고통 없이 화학 시간을 무사히 보냈다.

4

불의의 세력들은 특징이 있다. 바로 자신들의 이익과 안위를 위해 서로 결탁한다는 것이다. 사회에서 보듯 기업인은 정치인에게 재력을 제공하고 그 돈을 받은 정치인은 기업인에게 유리한 정책을 만든다. 그러면 기업인은 더 많은 돈을 벌게 되고 정치인은 다시 기업인들로부터 재력을 제공받는다. 이 시스템을 학교라는 공간으로 그대로 옮겨 온다면 이런 모습으로 이루어진다. 폭력을 사용하는 녀석들은 절대 건드리지 않는 아이들이 있다. 바로 전교에서 상위 등수를 차지하는 소수의 아이들을 절대로 건드리지 않는다. 오히려 그들에게 친근함을 보이고 인격 대 인격으로 다가서며 친분을 도모한다. 그들의 폭력의 힘으로 그 아이들을 지키고 보호하며 때로는 원한 있는 아이들에게 보복도 해 준다. 그렇게 되면 공부를 잘하는 아이들이 하는 일이 있다. 지식을 바로 그 폭력배들에게 제공한다. 모르는 수학 문제를 쉽게 푸는 법이라든지 영어의 문법 때로는 시험 시기에 커닝이라는 방법으로 불량배들에게 지적 능력을 제공한다. 이 관계의 열매가 한창 무르익으면 공부를 잘하는 아이들은 어느 사이에 자신 스스로도 폭력배와 다름없다는 생각을 하고 연약한 아이들을 유린하기 시작한다. 약한 아이들에게 심부름을 시킨다거나 즐거움을 위해 괴롭힘이나 폭력을 행사하고 무시하는 언행과 욕을 즐기며 산다. 그 대표적인 놈이 지혁이란 놈이었다. 어머니가 술집을 했었는데 중학교 시절부터 지혁이는 공부를 정말 잘했다. 국어, 영어, 과학, 수학 모든 과목에 능통했고 한 학년을 앞서서 배우는 과학반에 몸을 담고 있었다. 그리고 그놈은 치선이를 등에 업고 불량배들과 같이 아주 동일하게 행동했다. 그런 지혁이 놈의 어두운 모습을 선생님들은 알 턱이 없었다. 선생님들 눈에는 전형적인 모범생에 불과했다. 지혁이 놈도 때로는 대강이나 치선이를 따라다니며 인근 고등학교의 까진 여고생들을 도시락 먹듯 따먹곤 했다. 그리고 그것을 학교 매점 같은 곳에서 아이들을 모아놓고 자랑하듯 이야기했다. 지혁이의 그런 간악한 이중적인 모습을 선생님들은 알 필요가 있었다. 그렇게 치선이를 등에 업고 중학생 시절부터 거칠 것 없는 학창 시절을 보내던 지혁이는 치선이에게 성적을 상승시켜 주는 선물을 안겨 주었고 둘의 친분은 더욱더 애틋해져 갔다. 그렇게 고등학교 1학년이 되었을 무렵 지혁이는 치선이로부터 버림받는 사건이 일어난다. 그럴 만한 사정이 있었으니 주말이면 학생들을 받아주는 술집을 돌며 술을 마시던 불량배 무리들은 탈선을 즐기는 인근 학교 여자학생들과 합석하곤 했다. 거기서 치선이는 한 여자애를 따먹기 위해 온갖 정성을 다했는데 중간에서 지혁이가 홀랑 따먹어 버리는 사건이 발생한 것이다. 물론 그 여자애도 폭력배 같은 인상의 치선이보다 스마트해 보이는 지혁이에게 더 큰 관심이 있었던 것은 사실이었다. 그 뒤로 지혁이는 치선이 놈에게 엄청 얻어터지고 끈 떨어진 연의 신세가 돼버리고 말았다. 치선이 놈은 지혁이 놈에게 다시는 인사 같은 것도 하지 말고 눈길조차 마주치지 말라고 했다. 그렇게 지혁이 놈은 이과로 치선이는 문과로 와서 나와 같은 반이 되어 나에게 불운과 저주를 안겨 주었다. 그러한 지혁이 놈을 보면서 참 많은 생각이 들었다. 중학교 1학년 시절 우리는 담임 선생님이 원하는 성적이 나오지 않으면 떨어진 등수만큼 맞곤 했는데 지혁이 놈이 성적이 떨어져 선생님에게 된통 맞고 우등생 처지까지 더해져서 몇 대 더 얻어터진 적이 있었다. 그때 아이들이 그 모습이 너무 웃겨 박장대소했는데 체벌 시간이 끝난 후, 치선이를 등에 업고 그 아이들을 모두 모아 치선이가 보는 앞에서 때리기 시작했다. 그 언어맞는 아이 중에도 나도 포함됐었다. 나는 뺨을 언어맞고 한 달 넘게 귀에서 모래가 흐르는 소리를 들어야 했다. 나중에 알게 됐는데 이는 고막이 찢어졌을 때의 증상이라고 했다. 날이 추울 때면 귀가 더욱 아팠다. 참 웃겼던 건 내가 통증으로 고통스러워하며 서럽게 눈물을 보이자 지혁이가 매점에 가서 '브라우니'라는 과자를 사다가 억지로 먹게 했던 기억이 있다. 그렇게 무법자로 살던 지혁이 놈은 다시 평민으로 돌아가 그저 그런 삶을 살고 있었다. 가려면 치선이 놈도 이과로 데려가 나랑 같은 반이 되게 하지 않았으면 좋았으련만 내 피를 빨아먹는 거머리 같은 치선이 놈은 기어이 나와 같은 반이 되고야 말았다.

내가 다니던 고등학교의 특징은 사립고등학교였던 탓에 전근도 없고 전입도 그다지 없던 터라 오랜 세월 한곳에서 고인 물처럼 타성에 젖은 선생님이 대부분이었다. 그렇기에 (전부 다 그런 것은 아니었지만) 가르치는 선생님들 실력이 형편없었다. 좋은 대학을 가고 상위권 대학을 가는 아이들은 대부분 혼자 독하게 공부해서 가는 아이들이었다. 자기계발을 해서 잘 가르치든 그렇지 않든 급여는 정기적으로 나오니 굳이 잘해야 할 필요를 못 느끼던 시절이었던 것 같다. 특히나 영어를 조금이나마 좋아했던 나로서는 영어 선생님의 수업을 듣고 있노라면 한숨이 나왔다. 영어 선생님의 수업을 듣게 되면 내 몸에 일어나는 반응은 둘 중 하나였다. 잠이 오거나 심화되는 강박 증세였다. 이유는 이전에 알고 있던 영어 문법까지도 더 혼란스러워졌기 때문이었다. 이전에 배웠던 지식과 영어 선생님이 말하는 지식이 충동을 일으켜 큰 혼란을 가져왔다. 나는 그것들을 강박적으로 머릿속에서 일일이 대조하느라 애를 먹었고 대조가 잘 되지 않으면 처음부터 머릿속으로 그 작업을 다시 했다. 그러니 하려는 공부는 못 했고 강박 증상에 시달려 시간만 보낼 따름이었다. 이제 곧 다시 종이 울렸고 영어 시간이 시작되려고 했다. 영어 선생님은 타성에 젖을 대로 젖어 교육에 대한 강인한 의지가 없었다. 그녀는 나이 든 아줌마였고 그녀는 수업 중에 자식 자랑을 여러 번 하곤 했다.

월트디즈니의 영화들을 정말 좋아했다. 그 영화들을 보면 몇 번이고 반복해서 보며 대사를 외웠다. 그리고 나오는 노래들도 따라 불렀다. 그냥 그것이 좋았다. 내가 다른 나라 말을 흉내라도 내는 것이 멋있어 보였고 나 스스로가 자랑스럽기가 그지없었다. 내가 학교 생활을 하면서 즐거웠던 과목이 두 개 있었는데 하나가 세계사였고 다른 하나가 영어였다. 그런데 아줌마 영어 선생님을 만나고 나서 영어에 대한 흥미를 완전히 잃어버렸다. 그렇지만 월트디즈니를 맹신적으로 관람한 탓에 듣기평가를 제법 잘했었다. 그래서 듣기평가를 할 때면 치선이나 대강이 같은 놈들은 내 옆에서 나를 겁박해 듣기평가 답안을 보곤 했다. 급기야 4교시 영어 시간이 찾아왔고 나는 잠이나 잘 요량으로 아무런 기대 없이 영어 시간을 맞이했다. 영어 선생님은 모의고사의 듣기평가를 대비한다며 조그만 카세트 플레이어와 시험지들을 들고 들어왔다. 차라리 그게 속이 편했다. 영어 선생님의 수업을 들으면 수업료가 아까웠으니 말이다. 잘하는 듣기평가라도 해서 자존감을 올리자는 심산이 생겼다. 갑자기 시작된 간이 테스트라 나의 고혈을 빠는 놈들은 커닝을 할 수 없었고 나만큼 공부를 못 했던 그놈들은 영어 과목 역시 바닥을 쳤기 때문에 그놈들은 보기 좋게 20문제 중에 2~3문제를 맞히고서 낙망해야 했기에 한편으로는 고소했다. 영어 선생님은 교실 창문을 열어 환기를 시켜 찬바람이 들어오게 만든 다음 우리들 정신이 번쩍 들도록 만들었다. 이내 선생님은 테이프를 플레이어 넣었고 시험지를 우리들에게 나누어 주었다. 뜻하지 않은 모의 테스트에 짜증을 내는 아이들도 있었지만 그건 공부를 잘하는 아이들의 입장이었고 바랄 것도 기대할 것도 없는 나로서는 꽤 재미있는 시간이 될 것 같았다. 선생님은 시험지가 다 배부되자 재생 버튼을 눌렀고 순조롭게 모의 테스트는 진행되었다. 나는 총 20문제 중에 17문제를 맞췄다. 나름 성과가 있었다. 디즈니를 열심히 관람한 것이 빛을 발휘했다. 선생님은 거수의 방법으로 우리들의 점수 분포도를 확인했고 내가 상위 랭크된 걸 보고 놀람을 감추지 못했다. 그도 그럴 것이 영어 시간이면 매일 숙면을 취했던 녀석이 고득점자에 속해 있으니 아주 놀라지 않을 수 없었을 것이다. 치선이 놈과 대강이 놈의 점수는 처참했다. 나도 그렇지만 그렇게 공부를 해서는 저놈들에게는 미래란 없을 것이다.

"진호야! 넌 열 문제가 뭐니? 열 문제가? 우진이도 17개를 맞혔어!"

진호는 우현이만큼 우등생이었다. 그렇지만 우현이와 다른 점이 있었다면 그 역시 나를 인간 이하로 취급했었다는 것이다. 승부욕이 강한 데다가 문과임에도 의과대학에 무척이나 가고 싶어 했다. 나를 인간 이하의 취급을 하며 무시하는 녀석한테 영어 선생님이 홀리듯 그렇게 한 말은 나에게 큰 재앙을 불러왔다. 진호는 선생님들 앞에서는 전형적인 모범생 모습을 보였다. 어느 날은 수업 시작 1분 전쯤 나에게 건빵 한주먹을 주며 먹으라고 했다. 나는 별로 먹고 싶지 않아서 거부 의사를 표현했더니 겁을 주며 먹으라고 했다. 나는 얻어터지기 싫었기에 입으로 건빵을 욱여넣었다. 잘 씹히지도 않는 건빵을 사력을 다해 입안에서 처리했다.

"내가 너에게 건빵을 줬으니까 네 숙제를 나에게 줘!"

강탈하듯 진호는 그렇게 내 숙제를 빼앗아 갔다. 사실은 그랬다. 숙제를 잊어버리고 챙겨오지 않은 진호는 영어 선생님에게 지적받고 더 나아가서 허벅지를 얻어터지기 싫어서 극단의 행동을 한 것이 바로 건빵을 억지로 먹이고 내 숙제를 강탈해 간 것이었다. 그날 나는 숙제도 빼앗기고 먹기도 싫은 건빵을 입에 넣은 채 게다가 선생님의 몽둥이찜질까지 당해야 했다. 그런 진호에게 기름을 부어버리는 이야기를 했으니 진호는 속에 분노가 가득 차올랐을 것이다. 수업이 진행되는 동안 손에 자꾸 땀이 고였다. 진호가 반드시 나에게 보복할 것이라는 생각에 불안했고 긴장됐었다. 용기를 내봐도 겁이 나는 건 여전했다. 시간은 더디게 흘렀다. 이제 나의 하루 중에서 가장 기쁘고 의미 있는 점심 시간이 다가오는데 기쁘게 점심 시간을 맞이하기는 틀린 듯했다. 나중에는 신경이 너무 곤두서서 교실 시계의 초침 소리까지 들렸다. 결국 수업 시간을 끝마치는 종소리가 울렸고 영어 선생님은 자기가 나에게 무슨 일을 저질렀는지 인지하지 못한 채 인사를 받는 둥 마는 둥 하며 교실을 떠났다. 아이들은 전속력으로 학교 식당을 향해 달렸지만 나는 나의 운명을 알았기에 이를 포기한 채 묵묵히 진호의 부름을 기다렸다.

"정우진! 이 개새끼! 뛰어와!"

겁이 났던 나는 체념하듯 그놈에게로 다가갔고 그놈은 눈을 부릅뜨고 나를 노려보았다. 두려웠다.

"엎드려!"

그놈의 말대로 나는 주저하다가 엎드렸다. 그러더니 엎어지도록
나를 발로 차고 짓밟았다.

"일어나!"

그놈이 말은 그렇게 했지만 일어나지 못하도록 나를 계속 밟고
걷어찼다. 난 안간힘을 쓰며 일어나려 했지만 계속 짓밟혔다. 비참
했다. 난 아무것도 잘못한 게 없었다. 난 온몸에 실내화 자국이 났
고 몸도 욱신거렸다. 그러더니 얼마의 시간이 지나 다른 놈들이 밥
을 먹으러 가자니까 마지막으로 한 번 걷어차고는 발길을 돌려 학
교 식당으로 향했다. 나는 일어서서 몸을 털고 화장실로 가서 몸에
난 실내화 자국들을 대충 지웠다. 눈물이 핑 돌았다.

'난 잘못한 게 아무것도 없는데….'
마음에 분노가 차오르자 또다시 전능자를 욕하는 생각이 비집
고 들어왔다. 배가 고파 얼른 학생 식당으로 가서 줄을 서야 했지
만 나는 다시 강박증에 대한 희석 작업을 하고 상쇄 행동을 해서
죄책감과 불안을 없애야 했기에 학교의 헌책 창고로 가서 기도를
했다. 마음에는 분이 차오르고 그 행동을 정말 하기 싫었지만 나는
이 행동을 해야만 다른 재앙이 나에게 미치지 않을 거라 굳게 믿
었기에 헌책 창고에서 기도를 했다. 약간 늦은 감이 있었지만 여전

히 학교 식당은 아이들과 선생님들로 붐볐다. 나의 더럽혀진 옷을 보며 화학 선생님이 무슨 일이냐며 물었지만 나는 해맑게 웃으며 아이들과 복도에서 레슬링을 했다고 거짓말을 했다. 슬픔과 분노를 꾹꾹 누르고 그런 말을 한다는 것이 더욱 슬펐다. 식당 메뉴 간판을 보고 오늘의 메뉴를 확인했다. 거기에는 '설렁탕'이라고 적혀 있었다. 메뉴를 보니 마음에 한결 위로가 되었다. 약간의 기다림 뒤에 음식을 받아서 한적한 곳에 자리를 잡고 앉으려 했다.

"정우진! 이리 와봐!"

치선이 놈이었다. 난 직감적으로 녀석이 어떤 악행을 하려 하는지 알고 있었다. 그럼에도 불구하고 나는 저항할 수 없었다. 식판을 들고 그놈에게로 다가갔다. 그놈은 벌떡 일어서서 주위를 둘러보며 선생님이 있는지 없는지 확인한 뒤, 내 설렁탕 그릇을 들어 고기와 당면 사리들을 자기 그릇으로 전부 옮겨 담았다. 일말의 망설임도 없었다. 죄책감도 미안한 기색도 없는 악인 그 자체였다. 그놈에게 나는 마음껏 부려 먹는 노예나 다름없었다. 그 찰나 많은 생각이 들었다. 나도 부모님에게서 태어났고 뼈와 살과 영혼이 있는 사람인데 그놈은 나를 사람으로 보지 않는 거나 다름없었다. 내가 감당해야 하는 고통이나 슬픔과 분노 같은 건 안중에도 없는 그냥 물건 같은 것 말이다. 음식을 빼앗긴 후 자리를 잡고 앉아 설렁탕 국물에 밥을 말았다. 오전 내내 정신의 에너지를 많이 사용했던지라 배가 고팠다. 그래도 고깃국물이 뱃속으로 들어가니 살 것 같았다. 마음이 그나마 위로가 되었고 조금이지만 웃음도 났다. 이미 다른 아이들은 식사를 마치고 운동장이나 교실로 돌아갔다. 그리고 나랑 같이 밥을 먹는 사람은 없었다. 차라리 편했다. 옆에서 마음에도 없는 말을 하거나 별로 반갑지 않은 말을 맞장구치는 게 여간 피곤한 일이 아니었다. 고기를 한 점 먹었더라면 식사 시간이 더욱 즐거웠겠지만 그러지 못한 아쉬움이 참 컸다. 이런 일이 익숙하니 좋은 반찬이 나오는 날이면 내 입에 넣어본 기억이 별로 없다. 그래도 오늘은 설렁탕 국물을 먹을 수 있어서 참 좋았다.

식사를 마친 후, 운동장으로 나와 햇볕을 쬐며 걸었다. 하루 중에 평화를 누리는 얼마 안 되는 시간이다. 교실에 들어가 봤자 치선이 놈이나 대강이 놈이 나를 괴롭힐 게 뻔했으니 이렇게 피신해 있는 것이 더 유익하다고 판단되었다. 스탠드 구석에 흙이 고인 곳으로 가서 예쁘게 핀 민들레를 보았다. 구석에 있는 많지도 않은 흙 속에서 힘을 다해 피어난 꽃을 보니 우울했던 마음에 희망이 감돌았다. 적어도 오늘만큼은 이대로 하루가 마감이 되면 참 좋겠다는 생각을 했다. 오후에 어떤 고초가 나를 찾아올지는 모르지만 밥도 그럭저럭 행복하게 먹었고 찬바람은 불지만 그래도 따뜻한 봄 햇살 아래 꽃을 보니 분노와 슬픔으로 굳어진 내 마음이 기지

개를 켜는 듯했다. 시간을 보니 15분 후면 다시 수업을 시작해야 했다. 쪼그려 앉아 꽃을 보다가 일어서니 어지러움이 찾아오며 속이 메슥거렸다. 진호에게 얻어터지며 온몸이 불안으로 경직되었다가 밥을 먹은 탓에 속에서 받아주지를 않는 것 같았다. 급하게 화장실로 달려가 모두 토해내고 말았다. 얼굴을 물로 씻으며 거울을 보니 눈이 빨갛게 충혈되어 있었다. 조금 더 슬퍼하고 조금 더 낙망하고 싶었지만 그럴 시간이 없다. 곧 오후 수업이 시작된다.

5

헛구역질이 나는 입을 틀어막고 교실로 재빨리 이동했다. 5교시는 체육 수업 시간이었기에 체육복을 급하게 챙겨 입고 밖으로 나갔다. 체육 선생님은 수험생의 고단한 삶을 잘 알았는지 우리에게 자유 시간을 많이 허락해 주곤 했다. 그 시간에 우리는 체육 교과서에 있는 내용을 하기보다 구기 활동을 더 많이 했다. 농구를 하는 아이들도 있었고 배구나 축구를 하는 아이들도 있었다. 하지만 대부분이 축구로 몰려들어 그 운동을 즐기곤 했다. 하지만 늦은 봄에 있을 체육대회 때문에 다른 반 아이들이 우리 반과 축구 예선을 치르기로 했다. 상대 반은 수업 시간을 바꾸어 동시에 우리와 체육 시간을 같이 진행했고 나머지 아이들은 응원했다. 내가 체육 시간에 주로 했던 일은 심신을 쉬게 하는 일이었다. 그럴 때면 나와 친했던 체육 선생님은 나에게 흰머리를 뽑아 달라고 부탁했고 나는 선생님의 뒤에 앉아 흰머리를 뽑았다. 가끔은 그런 부탁이 짜증 나서 멀쩡한 검은 머리도 뽑고는 했다. 축구 경기가 시작되었다. 선생님이 주심으로 활약해야 했기에 나도 관전을 했다. 박빙의 승부였다. 치선이와 대강이 놈은 주전으로 참가했고 나머지 아이들도 팀을 이루어 경기에 임했다. 경기에서 이겨야 체육대회 당일 결승에 올라갈 수 있었는데 처음에는 좀 잘하는가 싶더니 내리 3골을 먹히자 치선이 놈이 분노를 주체 못 하고 나머지 애들에게 수업이 끝난 다음 보자며 위협을 가했다. 그리고 나는 경기가 이기기를 간절히 바라는 이유가 있었다. 왜냐하면 만약에 경기에서 패할 경우 치선이 놈은 자기 분노를 주체 못 할 테고 그 분노를 해소하기 위해 폭력을 사용할 게 불 보듯 뻔했으며 그 대상이 나일 가능성이 분명했기 때문이었다. 그렇다. 그 새끼는 악마였다. 인간을 인간으로 보지 않는 미성년의 악마였다. 나는 두 손을 모아 기도했다.

'주여! 우리 반에 승리를 가져다주옵소서! 안 그러면 제가 또 고난의 불구덩이로 들어가게 되나이다!'

손에 땀이 고였다. 어찌 어찌해서 두 골을 따라잡았지만 남은 시간이 몇 분 남지 않았었다. 비겨서 승부차기만 가도 나의 고난이 멀리 달아날 수 있는 기회라 생각했는데 잔인하게도 승부를 끝내는 호루라기는 울렸고 난 깊은 절망감에 빠지고 말았다. 치선이 놈의 눈을 피해 다니는 게 살길이라고 생각해서 선생님께 단체 인사를 한 뒤, 조용히 교실로 들어와 체육복으로 갈아입었다. 나는 고개를 숙이고 치선이 놈과 눈을 마주치지 않기 위해 사력을 다했다. 몇 분만 버티면 이제 6교시 시작이었고 수업이 시작되면 치선이 놈의 분노가 사그라들지도 몰랐다.

'주여! 시간이 빨리 흐르게 하소서!'

마음속으로 간절히 기도했다.

'조금만 더… 조금만 더….'

그렇게 고개를 숙이고 있는데 갑자기 강한 충격에 내 몸이 바닥으로 나뒹굴어졌다. 치선이 놈의 발길질이었다. 나의 소망은 사정없이 찌그러졌고 나는 먼지가 가득한 교실 바닥에 그대로 나자빠졌다. 치선이 놈은 예상대로 경기에서 진 이유로 분을 주체하지 못했고 아무 잘못도 없는 나를 패는 데 그 분노를 표출했다. 아팠다. 숨도 잘 쉬어지지 않았고 바닥의 먼지 때문에 교복은 더러워졌다.

"너 때문에 진 거야! 이 개새끼야!"

치선이가 나를 쥐어 패며 한 말이었다.

'치선이한테 나란 존재는 뭘까?'

항상 하는 고민이 그 구타가 진행되는 순간 또 떠올랐다. 그리고 저놈의 마음속에 있는 악은 언제부터 활활 타오르고 있었던 걸까? 쟤 부모는 쟤가 저렇게 사는 걸 알까? 라는 생각이 맴돌았다. 하루에 몇 번이고 얻어터지는데도 오히려 그 순간에는 묘한 의문이 머릿속을 떠나지 않았었다. 혹독한 오전에 이어 식사 시간과 체육 시간을 보내고 나니 더 이상 마음에 힘이 남아있질 않았다. 야간 자율 학습까지 하루를 마치려면 아직도 멀었는데 마음의 힘은 이미 전부 소진돼 버리고 없었다.

우리 반의 대표적인 흡연자들을 열거하자면 치선이 놈, 대강이 놈 그리고 형두라는 놈, 준모라는 놈이었다. 중학생 시절부터 흡연을 즐겨 했던 그놈들은 이젠 담배 없이 살 수 없는 녀석들이 돼버리고 말았다. 그중에 형두라는 놈은 고등학교에 올라와서 나를 자신의 노예 및 식민지로 만들기 위해 조금씩 작업을 해 가던 놈이었다.

"이제 나한테 잘해라!"

나를 꼬봉으로 삼기 시작하면서 한 말이었다. 행실이 양아치에 준하는 놈이었고 몸에 별 모양의 문신이 있었다. 입학할 때 몸 검사를 하는데 그놈은 운 좋게 걸리지 않아 입학을 할 수 있었다. 그때 만일 내가 고자질을 했다면 그놈의 입학은 불가능했을 것이며 내가 당했던 고통은 줄었을 것이다. 문신을 새길 적에 아팠는지 아주 흐릿한 잉크색에 점선 모양이었다. 폭력배가 꿈이었는지 항상 양아치들의 기지 바지 패션이나 골프웨어를 즐겨 입었다. 그놈은 행실이 아주 불손했을 뿐 아니라 금품갈취를 즐겨하던 놈이었다. 다들 흡연에는 진심이었다. 흡연을 하지 못하면 금단현상을 호소했고 주변 사람, 특히 나에게 짜증을 부리며 폭력을 행사하곤 했다. 녀석들에게 뺨을 맞을 때면 손에서 담배 절은 내가 나곤 했다. 그 냄새가 상당히 기분 나빴다. 준모 놈 역시 교실에서도 흡연할 정도로 담배를 사랑했는데 준모라는 녀석의 외모를 굳이 표현하자면 호모와 같은 몸과 목소리를 지니고 있었다. 종종 파운데이션 화장품을 가지고 다니며 얼굴에 분칠을 하고 다녔고 면도칼로 눈썹도 정리했다. 특히나 그놈은 내 외모를 들먹이며 수시로 놀리곤 했다. 내 몸에서 할머니 냄새가 난다고 말이다. 그도 그럴 것이 난 외할머니 외할아버지와 살았으니 그럴 수밖에 없었다. 그렇다고 내 몸에서 샤넬 향수 냄새가 날 수는 없는 노릇이었다.

형두 놈은 아주 야비했다. 갈취를 하려면 집이 잘사는 집 애들만 그랬으면 그나마 양반이었겠지만 힘없고 가난한 나 같은 애들만 골라서 갈취했다. 그래야 보복이나 뒤탈이 없었을 테니 말이다. 한번은 나로 인해 자신의 사물함이 찌그러졌다며 현금을 요구했다. 무려 3천 원이었고 줄 때까지 옆에서 시비를 걸며 피가 마르게 했다. 결국 나는 그날 그놈에게 3천 원을 주고 말았다. 시달리기도 싫고 그놈은 포기를 모르는 지독한 놈이었기에 오랜만에 생긴 목돈으로 짬뽕이나 사 먹으려 했던 나는 포기하는 수밖에 없었다. 어느 날은 점심 시간이 지난 후, 나더러 교복 상의를 바꿔 입자고 했다. 시키는 대로 안 하면 또 트집을 잡아 괴롭힐 게 뻔했기에 그놈 말대로 했다. 그리고는 수업이 끝나고 다시 원래대로 바꾸어 입자며 다시 갈아입었는데 나더러 옷에 반찬 국물이 묻었다며 세탁을 해 오라고 했다. 결국 그놈은 자기 실수로 옷에 반찬 국물을 묻히고선 세탁을 위해 내게 덮어씌운 것이다. 나야 그게 전부 그놈 계획이고 누명을 씌운 것임을 알았다. 하지만 내가 저항하면 나를 때릴 게 뻔했다. 그래서 나는 라면 값을 써서라도 옷을 세탁하는 수밖에 없었다. 그런 형두 놈이 바로 내 뒷자리였다.

6

6교시는 한문 시간이었다. 한문 시간은 나뿐만 아니라 모든 인원이 조심해야 하고 또 주의를 기울여야 하는 수업이었다. 아이들을 개 패듯 패던 한문 선생님은 한시(漢詩)를 가르칠 때 가장 즐거워하는 모습을 보이셨다. 그런데 만약 그 시간에 장난을 친다거나 졸음을 참지 못하거나 숙제를 해오지 않으면 무자비한 폭력을 보이곤 했다. 그런데 이 한문 시간은 치선이에게 얻어맞고 생긴 나의 억울함과 분노를 한문 선생님이 친히 풀어준 시간이었다. 이 수업 시간 동안 치선이 놈이 큰 실수를 저지르는 바람에 선생님은 교실 온도가 따뜻해지도록 치선을 쥐어 팼다. 사건의 전말은 이렇다. 수업이 진행되는데 치선이 놈은 체육 시간에 있는 체력을 다 소진하고 점심 시간에 고기 들어간 설렁탕을 먹고 그것도 부족해서 내 고기까지 다 건져서 먹었으니 무척이나 배불렀을 것이다. 시간도 따뜻한 오후였고 햇살도 잘 들어오니 이놈은 슬슬 졸기 시작했다. 하지만 그놈 빼고는 나머지 학생 전부 정신을 바짝 차리고 있었기에 치선이 놈의 이 행동은 눈에 띨 수밖에 없었다. 고개를 숙이고 끄덕거리며 질질 침을 흘리고 있는…. 그 침이 햇살이 닿아 밝게 빛났다.

"거기! 너!"

한문 선생님이 고함을 질렀다. 그 말에 모두들 긴장 상태로 바뀌었고 불쌍한 치선이 놈은 그 소리를 듣지 못한 채 계속 꿈속을 헤매는 중이었다. 즉시 분노가 차오른 선생님은 시계를 푼 뒤, 출석부를 들고 치선이 놈에게로 저벅저벅 다가갔다. 출석부로 한 대 후려치려 하던 선생님이 갑자기 가볍게 내려놓더니 치선이 놈을 흔들어 깨웠다.

"잤지?"

나지막이 선생님이 물었고 그제야 사태를 파악한 치선이 놈은 소스라치게 놀랐다. 하지만 때는 늦었다.

"내가 너에게 기회를 주마! 지금 나가서 칠판에 쓰여있는 시를 읽고 해석해봐라! 그러면 내가 용서하마."

그 말에 치선이는 앞으로 터벅터벅 걸어 나가 한시를 읽으려 했으나 도저히 읽을 수 없었다. 이유는 그놈도 역시 나와 마찬가지로 공부를 못 했고 둘째는 한문 선생님이 칠판에 분필로 시를 적을 때 두보나 이태백 적듯이 늘 흘림체로 한문을 적어서 선생님 이외에는 아무도 그 한시를 읽을 수가 없었기 때문이었다. 칠판에 서서 주저하는 치선이 놈의 모습을 본 선생님은 셔츠를 걷어 올리며 그놈에게로 다가갔다.

"왜 졸았어?"

선생님의 그 질문에 눈알을 이리저리 굴리는 치선이 놈의 모습이 보였다. 아마도 적절한 대답을 하면 그 상황을 피해 나갈 수 있을 거라는 희망 같은 걸 본 것 같았다. 찰나의 시간이 지났다.

"졸려서요."

패착이었다. 체벌 전에 잘못을 인정하고 정직하게 이야기하면 그 정직함이 마음에 들었을 때 체벌을 거두던 분이 한문 선생님이었는데 그날 치선이 놈의 말은 정직이라기보다는 선생님을 도발하는 말에 가까웠기 때문이다.

"뭐, 졸려?"

선생님의 말이 끝나자마자 손바닥이 치선이 놈의 뺨을 향해 날아들었다. 한 대가 아니었다. 연타로 양쪽 뺨을 향해 날아든 것이다. 분을 주체하지 못한 선생님은 출석부를 들고 와 모서리를 이용해 치선이 놈의 머리를 내리쪽었고 그 충격으로 치선이 놈이 머리를 감싸자 발길질로 그놈의 교복에 내가 당했던 것과 같은 실내화 자국을 내주셨다. 조지 포먼과 무하마드 알리의 경기 이후, 가장 박진감 넘치고 스릴 있는 경기를 보는 것만 같았다. 치선이 놈은 우리 반에서 싸움을 가장 잘했기 때문에 타인 앞에서 처참하게 무너진 적이 없다. 근데 그날은 치선이 놈이 처참하게 짓밟히고 무너지는 날이었다. 육체적 고통을 주로 많이 당한 나는 물론 정서적으로 고통당한 아이들도 분명 마음속으로 쾌재를 불렀음이 분명했다. 열기가 후끈 달아오른 선생님은 넥타이를 풀더니 다시 치선이 놈에게로 다가갔다. 그러더니 이번에는 녀석의 손을 붙잡고 냄새를 맡기 시작했다. 킁킁거리며 말이다.

"너 담배 피우냐?"

그 말에 치선이 놈은 다시 한 번 사색이 되었다.

"끊었습니다!"

그 짧은 찰나에 생각한 말이었다.

"뭐? 끊어?"

그 말이 끝나기 무섭게 선생님은 주먹으로 치선이 놈을 팼다. 훈육에 가까운 체벌이 아니었다. 그냥 팼다. 가끔 끙끙거리는 소리가 치선이로부터 나왔고 교실의 온기는 좀 더 후끈해졌다. 한문 시간의 졸음 사건으로 그놈은 그렇게 선생님의 샌드백이 되었다. 나는 그 광경을 관람하며 주님께 감사의 기도를 올렸다.

'주님! 주께서는 가끔 저의 원수들에게 저런 식으로 보복자가
되어 주시는군요! 감사하나이다!'

　하지만 나는 알았다. 수업 시간이 끝나면 치선이 놈은 나를 화풀
이 대상으로 삼을 걸 말이다. 아마 자기가 맞은 것 이상으로 나를
때릴 것도 난 알았다. 하지만 나는 두렵지 않았다. 오히려 마음에
상쾌함이 가득했고 분노가 풀리니 이보다 더 좋을 수가 없었다. 흡
사 이 상황을 비유하자면 일본의 검성이자《오륜서》를 기록한 '미
야모토 무사시'가 상대의 목을 베기 위해서는 나의 팔 하나를 희
생함은 각오해야 한다고 했던 것처럼 나는 그 상황을 그냥 그렇
게 생각하기로 했다. 치선이 놈의 목을 한문 선생님이라는 도(刀)
를 통해 베었고 그 대가로 팔 하나를 내주었다고 말이다. 그날 얻
은 마음의 분노가 씻은 듯이 내려갔고 치선이 놈의 교복 이곳저곳
에는 선생님의 실내화 자국이 보기 좋게 나 있었다. 수업이 끝나면
치선이 놈은 나를 부를 것이다. 하지만 나는 다짐했다. 이번에는
유쾌하고 당당한 마음으로 폭력을 맞이할 거라고 말이다. 흡사 영
화〈일급 살인〉의 헨리 영처럼 말이다.

7

　예상대로 치선이 놈은 나를 불러 분이 풀릴 때까지 때렸다. 이유

는 없다. 선생님한테 맞는 비참한 모습을 여러 급우들에게 보인 게 억울했는지… 아니면 나 같은 낮은 계급의 아이가 자신의 비참함을 봐서 그런지는 모르지만 흠씬 두들겨 맞았다. 그렇지만 아프지 않았다. 내가 아픈 만큼 놈도 아팠을 거라 생각하니 맞으면서 용기가 나고 기분이 좋기까지 했다.

우리 학교는 남자 6반과 여자 1반으로 이루어진 학년이었다. 한 반에 45명이라고 쳤을 때 총 7개 반이 고등학교 3학년을 이루고 있었다. 그중에 남자 1개 반은 우반 즉, 공부를 잘하는 애들을 모아놓은 반이었고 나머지 남자 2반은 속된 말로 가망 없는 애들을 모아놓은 곳이었다. 간혹 2학년에서 3학년으로 올라가면서 신분 상승을 꿈꾸는 아이들은 열반에서 우반으로 옮겨가기도 했다. 소수지만 말이다. 그리고 여자 1개 반이 또 다른 우반이었고 이과에서는 1개 반이 남녀공학인 우반이 있었다. 그 교실에는 학교폭력 같은 건 존재하지 않았고 나름 인격적이며 민주적이었다. 그렇지만 내가 속한 반은 짐승의 세계였고 약육강식의 세계 그 자체였다.

대강이 녀석의 여러 직격 목표물 중 한 명이 여자 반에 있었다. 물론 그 반 여자아이들은 탈선된 여자아이들과는 많이 달라 대강이가 마음에 소원하는 목표를 이룬다는 것은 거의 불가능에 가까웠다. 이런저런 방법을 모색하던 중에 대강이 놈이 선택한 방법은 편지였다. 바나나우유를 편지와 함께 목표물에게 줘서 마음을 얻고 연락을 하다가 따먹으려는 심산이었다. 물론 편지를 전달하는 것은 내 몫이었고 전달하다가 선생님에게 발각될 시 갖은 고문을 당하는 것도 내 책임이었으며 누가 시켰는지 질문에 대한 대답을 함구하는 것도 내 임무였다. 여자아이는 참 예뻤고 공부도 잘했다. 그런데 그런 천사 같은 아이가 어두운 것만 빨아먹고 자라는 거머리 같은 대강이를 마음에 두게 된다는 건 불가능했다.

우리 학교는 천주교 재단 학교였는데 규율이 상당히 엄격했다. 1999년, 복도에서 여자반 아이와 담소를 나누다가 걸리면 학생부 선생님들의 거침없는 진압을 당해야 했고 남자아이와 여자아이가 사귀다 걸리면 학교 전체 평균을 위해 둘 중 공부를 못 하는 애가 전학을 가야만 했다. 화이트데이에 사탕을 주다가 걸리면 일주일 간 교무실 앞에서 무릎을 꿇고 '석고대죄'를 해야만 했으며 무자비한 학생부 선생님의 몽둥이찜질을 버텨야만 했다.

언젠가 대강이 녀석은 나에게 바나나우유와 편지를 주며 여자반에 들어가 그것을 그 천사 같은 여자아이에게 전해 주고 나오라고 했다. 나로서는 위험부담이 정말 컸다. 그렇지만 심부름을 거절하면 잔혹한 괴롭힘이 기다리고 있는지라 거절할 수가 없었다. 나는 대강이 놈이 나에게 전해 준 바나나 우유와 편지를 들고 여자

반으로 향했다. 용기 있게 교실에 들어가서 그 천사 앞으로 다가섰
다. 교실 안에서는 산뜻한 로션 냄새가 진동을 했다. 역시 쉰내만
나는 남자 반과는 달랐다.

"너 대강이 알지? 대강이가 이거 너 주래!"

나는 갖은 용기를 짜내서 천사에게 배달물을 건네 주었다. 순간
천사의 얼굴이 난감한 얼굴로 바뀌었고 교실은 웅성거렸다. 그리
고 내가 느끼는 감정은 창피함과 수치심이었다. 그 물건들을 전달
받는 천사도 그리고 천사의 반 아이들도 나를 뭐라고 생각할까?
라는 고민이 마음속에서 올라왔다.

'얘는 이런 거 심부름이나 하고 사는 애구나.'

그런 정체성을 가진 나로 볼 것이 뻔했다. 그래서 수치심이 느껴
졌고 부끄러웠다. 하지만 여기서 도망치면 대강이 놈의 침 세례를
받아야 했기에 일단 버텼다. 알았다며 고개를 끄덕인 그녀는 나에
게 따스한 말로 '잘 가!'라는 말을 전해 주었다. 기분이 참 좋았다.
그날 수업이 끝나고 예상치 못한 대참사가 벌어졌다. 수업이 모두
끝나고 종례가 시작되기 전 천사는 그 편지와 바나나 우유를 들고
와서 대강이 놈을 찾아가더니 그놈 면상에 편지와 우유를 던졌다.

"앞으로 이런 거 안 줬으면 좋겠어!"

　그 말에 대강이 놈은 아연실색이 되었고 교실은 웃음소리로 차고 넘쳤다. 그날 이후 대강이 놈은 직격 목표물이던 천사를 향해 다시는 추태를 부리지 않았다. 그리고 대강이 놈의 안 좋은 소문이 돌기 시작했다. 이 여자 저 여자 그리고 대학생 누나들에게도 씨를 뿌리고 다닌다는 소문이 났다. 그날 대강이 놈은 어찌 됐든 임무를 완수했기에 나를 때리지는 않았다. 다만, 대강이 놈의 폭력보다 더 아팠던 것은 여자아이들에게 나는 수치스러운 심부름이나 하는 약한 아이로 인식된다는 것이었다. 그것은 폭력에서 오는 슬픔과는 사뭇 달랐다. 나를 모르는 타인까지 더욱이 여자애들 앞에서까지 그런 존재가 된다는 것은 한껏 나의 낮아진 자존감을 더욱 억누르기에 충분했다.

　쉬는 시간에 자리에 앉아 치선이 놈을 보니 교복 여기저기에 한문 선생님의 실내화 자국이 남아있었다. 그렇게 흐뭇하지 않을 수 없었다. 녀석은 아마도 스트레스와 분으로 담배 생각이 간절했을 것이다. 그렇지만 지금 흡연을 하는 것은 불가능했다. 이제 곧 수업이 시작되기 때문이었다. "This"라는 담배를 즐겨 피우던 놈들은 항상 학교 화장실이나 학교 밖 담벼락 근처를 이용하곤 했다. 그러다가 선생님에게 걸려 된통 얻어터지기도 했다. 내가 심부름

중에 가장 싫어하고 곤란한 것이 '담배 심부름'이었다. 나는 흡연을 하지 않았을뿐더러 외모가 아직은 중학생에 가까웠기에 담배를 사려면 상당히 애를 먹어야 했다. 물론 학교 뒷골목 담벼락 근처에 있던 작은 구멍가게는 경찰 단속에 걸릴 위험이 적었기에 마음 놓고 담배를 팔았다. 그곳으로 가면 나는 대강이 놈과 치선이 놈과 나를 괴롭히던 악한 놈들의 심부름을 할 수 있었다. 유독 나에게 담배 심부름을 많이 시키던 녀석은 치선이 놈이었다. 고등학교 생활 시작을 학교 폭력의 패배자로 낙인찍어 친구도 못 만들게 했던 치선이 놈 그리고 모두들 나를 아랫사람으로 보도록 만든 그 놈의 인격은 파괴되어 있음이 분명했다.

7교시가 시작되는 종소리가 울렸다. 다행히도 이번에는 책을 빌리지 않아도 됐기에 넉넉하게 수업을 준비할 수 있었다. 학생과장 선생님의 담당 과목인 '사회'였다. 사회 선생님은 언제나 우리와 대치 구도를 가질 수밖에 없었다. 우리의 두발 상태가 불량하면 화학 선생님과 함께 합동작전을 펼쳐서 바리깡으로 우리 머리를 밀었고 불시에 소지품 검사를 해서 학생이 갖지 말아야 할 물건이 나오면 체벌을 한 뒤 그 물건을 압수하거나 다시는 학교에 가져오지 못하도록 만들었다. 예를 들어 담배나 라이터가 나오면 그걸 걸린 학생은 그날 초상을 치르는 거나 다름없었다. 사회 선생님이 교실로 들어오시면 왠지 느낌이 불길했다. 전해 들은 바로는 앞에서 다른 반 학생들이 소지품 검사를 당했다는 이야기가 나왔기 때문이다. 그런 소문이 나돌기 시작하면 아이들은 PCS나 담배, 라이터 같은 것들 혹은 CD플레이어나 카세트테이프 같은 것을 선생님 모르는 곳에 숨기곤 했다. 그러면 무탈하게 그 시간을 보낼 수 있었는데 하필이면 형두 놈이 담배를 사랑하는 까닭에 주머니에 그것을 넣고 있다가 사달이 나고야 말았다. 사회 선생님은 들어오셔서 나지막한 목소리로 말씀하셨다.

"지금 주머니에 있는 거 전부 책상 위로 올려놔라!"

선생님의 그 말에 교실은 술렁였고 아이들은 더 큰 화를 피하기 위해 망설임 없이 소지품들을 책상 위에 올려놨다. 기껏 올라와 있는 것들은 사탕이나 지갑 혹은 학생증이나 작은 초콜릿 같은 것들이었다.

"음! 그래 장사를 한두 번 하는 게 아니니까!"

사회 선생님은 그렇게 말씀하시고 교실을 이리저리 돌아다니시면서 요주의 인물들 주머니를 뒤져보기 시작했다. 요주의 인물은 바로 치선이 놈, 대강이 놈, 형두 놈, 준모 놈이었다. 진호 놈 같은 경우는 공부를 잘해서 모범생으로 알고 있어 다른 압박이 가해지질 않았다. 치선이 놈과 대강이 놈이 미리 손을 잘 써놔서 걸리지 않았지만 형두 놈은 주머니에 담배를 통째로 넣고 있다가 그대로 발각되었다.

"네 거냐?"

다 알고 있으면서 궁지에 몰린 쥐를 가지고 노는 고양이처럼 사회 선생님은 만연한 웃음을 띠며 형두 놈에게 물었다.

"제거 아닌데요…."

고개를 푹 숙인 채, 자신 없이 대답하는 형두 놈이었다. 그놈이 그렇게 대답할 때, 나는 슬슬 불안해지기 시작했다.

"그럼 누구 건데?"

"……"

형두 놈은 겁에 질린 채 아무 말도 하지 않았다.

"누구 거냐고?"

"우진이 겁니다. 우진이가 제게 보관하라고 했습니다."

학생부장 선생님은 형두 놈의 그 말에 표정이 일그러지며 나를 불러서 일으켜 세웠다.

"진짜 이거 네 거냐?"

선생님의 그 질문에 등에서 식은땀이 났다. 아니라고 했다간 형두 놈이 보복을 할 테고 내 거라고 하기에는 억울하기가 그지없었다. 그 순간 선생님은 망설임 없이 형두 놈의 뺨을 후려쳤고 몸 구석구석을 수색하기 시작했다.

"이 새끼 봐라! 혁대도 학교에서 하라고 준 게 아니네?"

그랬다. 형두 놈은 건달 패션을 좋아해서 건달들이 입는 골프웨어 혁대를 차고 있었다. 선생님은 다른 아이를 시켜 교무실 자기 자리에서 가위를 가져오게 한 뒤, 형두 놈의 혁대를 한약재 자르듯 조각조각 잘라냈다.

"이 나쁜 새끼야! 우진이는 담배를 피우지 않는다는 걸 내가 진즉에 알고 있었어! 쟤가 무슨 담배를 피우냐? 근데 너 살겠다고 죄

없는 친구를 팔아? 아주 근본이 못돼 처먹은 놈이네!"

선생님은 그렇게 말하면서 불쌍하다는 듯 나를 쳐다보았다. 몇 번 빰따귀를 더 맞은 뒤, 형두 놈은 담배를 빼앗겼고 2차 징벌을 예약하고 교실 밖으로 선생님을 따라나섰다.

8

형두 놈이 나를 서서히 자신의 식민지로 삼기 시작한 것은 고등학교 1학년 때부터였다. 왜소하고 작은 키에 아직 변성기도 지나지 않은 목소리의 나를 좋은 타깃으로 삼았다. 이전 중학교 시절에도 이놈은 약한 아이들을 갈취하는 것에 도가 텄었고 자기의 편안한 학교생활을 위해 나를 서서히 정복해 갔다. 그놈이 주로 나를 착취하는 방법은 자전거를 빌려 가는 것이었다. 나는 정규 수업 시간이 끝나고 자전거를 타야만 집에 가서 저녁 식사를 하고 돌아올 수 있었다. 그것이 없으면 나는 저녁을 굶어야만 했다. 내가 자전거를 빌려주기 싫어하는 표정을 하거나 거부 의사를 밝히면 무참히 나를 때리곤 했다. 한번은 자율 학습시간에 목이 마르다며 물을 떠오라고 지시했다. 초창기 기 싸움에서 지면 영원히 식민지가 될 것 같아서 거부했더니 볼펜을 투창하듯 던져서 팔에 꽂혀 피가 철철 나는 상황이 벌어졌었다. 그놈은 집요하고도 악랄했다. 자기의 원하는 바를 이룰 때까지 추궁하고 채근했다. 한번은 제2외국어를 배우던 고등학교 1학년 시절 나의 독일어 책이 사라지는 사건이 발생했다. 도둑맞은 것이다. 나는 책 바깥쪽에 내 학번을 매직펜으로 크게 써놓았기에 도둑맞을 일은 없다고 생각했었다. 그렇지만 불량배 놈인 형두 놈한테는 그게 통하지 않았다. 이름이 버젓이 써져 있어도 나를 함부로 해도 되는 놈이라는 생각이 강했기 때문에 내 독일어 책을 훔쳐가 사용하고 있었다. 그것이 나에게 발각되었고 나는 그놈 자리에서 내 책을 다시 훔쳐왔다. 그놈은 그것을 귀신같이 알고 나를 찾아와 따졌다.

"아무리 네 물건이지만 내 자리에서 훔쳐 가냐?"

난 겁이 났다. 정당한 행위를 했음에도 겁이 났다.

"이건 내 책이잖아? 네가 함부로 가져간 거고?"

"아니야! 바닥에서 주운 거야!"

그놈에게 양심이나 자책 같은 건 없었다. 나라면 남의 물건을 도둑질하면 가슴이 두근거리거나 미안한 감정에 밤잠을 자지 못할 터인데 그놈에게는 책을 마련했다는 안심만이 그 마음 안에 가득했다. 나는 인간이 아닌 도구에 불과했다.

"내 거야! 왜 남의 물건을 훔쳐가?!"

그렇게 외마디의 저항을 해봤다. 그리고 그 말이 끝나기 무섭게 그놈은 나의 뺨을 후려쳤다. 그리고는 몇 대 더 뺨을 후려치고 나의 독일어 책을 강탈해 갔다.

"필기는 내가 했으니까! 필기를 한 게 아까워서라도 내가 가져야겠어!"

그놈이 내 책을 가져가며 한 말이었다. 뺨을 세게 맞았는지 코피가 났다. 가방에서 휴지를 꺼내 코를 틀어막고 피를 닦았다. 눈물이 났다. 내 것을 빼앗기고도 주먹 한 번 날리지 못하는 나 자신이 한심했고 형두 놈이 죽을 만큼 밉고 싫었다. 가끔은 나를 괴롭히고 착취하는 놈이 형두 놈 하나라면 집에서 망치를 가져와 머리를 한 대 내려치고 나의 분노를 표출하면 다시는 나를 괴롭히지 않을지도 몰랐다. 하지만 내가 한 놈에게 저항하면 두루두루 카르텔을 맺고 있는 불량배 녀석들은 돌아가면서 나에게 다시는 반역을 꿈도 꾸지 못하도록 때렸을 것이다 즉, 내가 상대해야 하는 불량배는 단순히 한 놈이 아니었다. 만약 한 놈에게 저항하면 그 놈들은 서로 약자의 반역 소식을 공유한 후, 그 약한 아이에게 집단 린치를 가했다. 그들에게는 그게 우정이었고 그들만의 정의였다. 그렇게 형두 놈이 나의 독일어 책을 가져간 후, 나는 독일어 수업 시간마다 매번 아쉬운 소리를 해가며 책을 빌리러 다녀야 했다.

담배를 소지하고 있다가 걸린 형두 놈은 보기 좋게 사회 선생님에게 붙들려 갔다. 선생님은 전에 압수한 담배 한 보루를 책상에서 꺼내 남자 선생님들의 흡연실로 가져왔다. 형두 놈도 흡연실로 따라 들어갔고 흡연실의 모든 창문을 닫은 뒤, 선생님은 담배의 포장을 뜯기 시작했다.

"네가 좋아하는 담배 오늘 원 없이 한번 피워봐라!"

그 말을 하고 선생님은 담뱃갑을 뜯어 한 개비를 꺼내 형두 놈 입에 물리려 했다. 형두 놈이 고개를 가로저으며 거절하자 뺨을 한 대 후려친 뒤 다시 입에 넣었다. 그러고는 주머니에서 라이터를 꺼내 형두 놈에게 불을 붙여 주었다. 형두 놈은 눈치를 살살 보며 담배에 불을 받았고 그럴듯하게 담배를 피웠다. 그 모습을 보며 사회 선생님은 징그러운 웃음을 짓기 시작했다. 그 모습을 밖에서 구경하던 선생님들이 점차 흡연실로 몰려들었다. 화학 선생님과 한문 선생님도 그 모습을 보며 박장대소를 했다. 그러면서 자신들의 담배도 꺼내 형두 놈에게 피우게 했다. 7개비 정도가 넘어가자 형두 놈은 비틀거리기 시작했다. 아마도 어지러워서 그랬을 것이다.

"뭐 벌써 비틀거려! 아직 멀었어!"

멈출 줄 모르는 사회 선생님이었다. 흡사 불량배들이 돈을 갈취하듯 선생님들은 형두 놈을 둘러싸고 계속 흡연하게 했다. 정확히 세 갑이었다. 그날 형두 놈이 사회 선생님에게 끌려가서 피워댄 담배 양 말이다. 형두 놈은 헛구역질을 해댔고 선생님들은 좋은 구경 거리를 본 듯 신나게 웃어댔다.

"이제 또 담배 피울 거야?"

사회 선생님이 웃음을 참지 못하며 형두 놈에게 물었다.

"아니요. 다시는 피우지 않겠습니다."

눈을 제대로 뜨지 못하고 비틀거리며 형두 놈이 대답했다.

"한 번만 더 걸려라! 그때는 다섯 갑이다."

그렇게 사회 시간은 수업을 제대로 진행도 못한 채 흘러갔다. 교

실로 돌아온 형두 놈 몸에서는 연초 냄새가 진동했고 눈물이 그렁
그렁 고여 있었다. 난 알았다. 수업종이 울리고 선생님이 나가면
그놈은 나에게 해코지를 할 게 분명했다. 하지만 억울하지 않았다.
혁대를 잘린 형두 놈은 바지가 허리에 맞지 않아 한 손으로 바지
를 쥐어 들고 서 있었다. 그 모습이 여간 고소한 게 아니었다.

"왜 네 거라고 대답하지 않았어?"

"내 거라고 해도 선생님이 믿어 줄 것 같지 않았어!"

"그래도 날 도왔어야지!"

그놈은 이런 상황에 내가 누명 쓰는 걸 돕는다는 표현을 썼다.
그놈 머릿속에서는 인간이 인간을 돕는다는 생각이 한참 잘못돼
있음을 깨달았다. 예상했듯 놈은 주먹으로 날치고 목을 졸랐다. 담
배 냄새가 진동했다. 그래도 고초를 조금 겪기는 했지만 그놈이 비
싼 골프웨어 혁대도 잘리고 선생님께 많은 고통을 당했다고 생각
하니 치선이 놈이 당했을 때만큼의 즐거움이 찾아 들었다. 난 원래
매일 폭력을 당하니까 그렇다 쳐도 그놈이 폭력을 당할 일은 아주
드문 경우이니 그 고통이 나보다 훨씬 더 했을 것이다.

'주여! 이러한 방식으로 또한 저의 보복자가 되어 주심에 감사

하나이다!'

나는 다시 한 번 마음속으로 감사의 기도를 올렸다.

"너 때문에 피해를 입은 거니까! 저녁 시간에 네 자전거를 내가 좀 써야겠어!"

"네가 그러면 난 집에 갈 수 없고 저녁을 먹을 수 없어!"

"난 지금 강요하는 게 아니야! 부탁하는 거지!"

수틀리면 때릴 각오로 말하는 게 부탁이었던가? 난 더 이상 말을 길게 하고 싶지도 않았다. 부탁을 빙자한 협박을 당하는 것도 싫었고 담배 냄새 나는 그놈과 이런 감정 소모를 하고 싶지도 않았다. 나는 자전거 키를 아무 말 없이 넘겨주었다. 7교시는 내가 가장 좋아하는 세계사 시간이었다. 우리 담임선생님은 세계사 수업을 담당했고 1학년 때 대강이 놈이 실내에서 신발을 신다가 걸렸을 때 범인을 잡기 위해 모두에게 체벌을 준 선생님이기도 했다. 담임선생님은 아직 그 사실을 몰랐다. 다만 대강이 놈은 담임선생님의 요주의 인물 중 하나였음에는 분명했다.

세계사 시간에 나는 강박증세도 별로 올라오지 않았고 집중해서 공부할 수 있었다. 선생님이 이야기하시는 세계의 역사현장에 내가 가 있는 것 같은 착각이 들 정도로 역사 시간은 나에게 정말 재미있고 박진감 넘치는 시간이었다. 대강이 놈이나 치선이 놈 형 두 놈 같은 녀석들이 사회를 이루었던 석기시대 이야기부터 (왜냐하면 그놈들의 세계질서는 무조건 약육강식이기 때문이다. 흡사 2001 스페이스 오디세이의 뼈를 사용하는 유인원들처럼 말이다.) 소련의 유리 가가린이 우주에 간 냉전 시대 이야기까지 모든 이야기는 나에게 흥미진진 그 자체였다. 가끔은 내가 역사의 멋진 장군이 되어 불의를 행하는 악덕한 놈들을 혼내주는 이야기에 몰입하기도 했다. 이를테면 내가 스키피오가 되어서 고대 카르타고의 악당 한니발을 격파하는 것이다. 물론 '한니발'은 우리 반의 성도착자이자 가장 고대인의 외모를 닮은 태웅이 놈이었다. 태웅이 놈 역시 나를 괴롭히던 녀석 중 하나였다. 폭력을 행사하는 경우도 있었고 야간자율학습 시간에 과자 심부름을 시키거나 아니면 성추행을 즐기곤 했다. 그놈은 거기서 자신의 존재감을 찾곤 했다. 나를 멸시하고 발아래 두면서 느껴지는 우월감을 쾌감으로 삼곤 했으니 말이다. 그놈으로부터 가장 견디기 힘든 것은 성추행이었는데 유난히도 나의 '고추'에 집착을 했다. 1999년으로부터 몇 년 전 대한민국에 공전의 히트를 기록한 드라마 〈모래시계〉에서 주인공 '태수'를 늘 흉내 내며 다녔던 그놈은 스스로가 태수인 줄 알고 약한 아이들을 괴롭혔다. 가만히 있으라면서 고추를 만지거나 더 나아가 귀두를 만지곤 했다. 그놈은 정말 얼굴이 흑인처럼 새카매서 그놈을 카르타고의 '한니발'이라고 할 만했다. 선생님이 들려주시는 스키피오와 한니발의 전투! 제2차 포에니 전쟁에서 로마에 승리를 가져다준 어린 영웅 스키피오를 나 자신에게 투영했다. 자마 전투에서 카르타고 군을 괴멸시킨 것처럼 나 또한 태웅이 놈의 졸병들을 가차 없이 처단하는 것이다. 생각만 해도 통쾌하고 즐거웠다. 제2차 포에니 전쟁의 승기를 가져오는 자마전투의 스키피오! 그게 바로 정우진이라는 생각에 가슴이 뭉클했다. 세계사 수업 시간에는 필기도 열심히 했다. 비록 샤프펜슬 하나였지만 그림을 그려가며 열심을 다했다. 그런 나의 모습을 선생님은 매우 흐뭇해했다. 그랬다. 선생님들에게 나의 이미지는 공부는 못하지만 그래도 성실히 살아가는 아이… 매일 지각은 하지만 선생님들에게 순종적인 아이로 기억되었다.

9

아쉽게도 세계사 시간은 중반을 향해 가고 있었다. 때로는 오스왈드가 되는 상상을 하기도 했다. '세상에서 가장 무서운 것은 해병과 그의 소총이다'라는 말이 있듯이 오스왈드는 70미터 거리 밖에서 케네디 대통령의 머리를 정확히 맞췄다. 이번에는 준모 놈을 케네디 대통령이라고 생각해 보았다. 학교폭력에 시달릴 대로 시달린 나는 사회 부적응자가 되어 해병대에 입대해서 최고의 소총 사수가 된다. 사회에 불만을 품고 대통령을 암살하기로 마음먹는다. 퍼레이드가 시작될 때 한적한 곳에서 숨어 있다가 단발식 장전 소총으로 준모 놈의 머리를 날리는 것이다. 그렇게 준모 놈은 세상을 하직하고 나는 각종 신문에 대서특필되는 것이다. 그랬다. 나도 학교라는 사회에서 관심이 필요했고 친구가 필요했고 따뜻함이 필요했다. 하지만 그런 것은 나에게 주어지지 않았다. 그래서 나는 그렇게 세계사라는 수업 시간에 상상의 나래를 마음껏 펼쳐 복수도 하고 나만의 왕국을 건설하기도 했다. 내가 오스왈드를 상상하고 준모 놈을 케네디 대통령에 투영한 이유는 준모 놈 역시 나를 자주 놀리고 비하하며 내 물건을 함부로 대해서다. 행색과 행동이 호모 같았던 준모 놈은 나에게 항상 나에게 할머니 냄새가 난다고 했다. 그랬다. 내가 같이 지내는 분들은 외할머니와 외할아버지였으니 그럴 수밖에…. 하지만 그놈이 그리 말하는 건 왠지 우리 외조모를 욕하는 것 같다는 생각에 나는 억울하고 화가 났다. 그놈의 아버지는 법조인이었다. 그놈은 고등학교 1학년 때부터 성관계를 하고 다녔는데 한번은 나에게 여름에 놀러 간 계곡에서 만난 고등학교 2학년 누나와 텐트 안에서 성관계를 했다고 자랑했다. 칫솔로 그곳에 넣었다나? 내가 생각했을 때는 뇌의 회로나 구조적인 문제 혹은 뇌의 호르몬 분비에 문제가 있음이 분명했다. 그래서 그런지 많이 못나 보이는 나를 가만히 두는 건 악이라고 생각해서 유독 나를 못살게 굴었다. 한번은 우리 학년에 멋진 브랜드사의 쇼핑백을 들고 다니는 게 유행한 적이 있었는데, 말 그대로 종이였다. 나도 자랑삼아 브랜드사 쇼핑백을 어깨에 보란 듯이 멘 적이 있는데 준모 놈은 그 꼴을 보지 못하고 내 종이가방을 빼앗아 구겨버렸다. 그랬다. 그놈들 눈에는 나는 잘나서도 예쁜 걸 가져서도 안 됐다. 나는 못나야만 했다. 그리고 긴 시간 지나지 않아 나는 그렇게 살기로 순응하고 적응했다. 오스왈드를 상상한 것처럼 준모 놈의 머리통을 깨고 싶었던 적이 한두 번이 아니었다. 하지만 나에게는 그럴 만한 힘이 없었다. 수업 시간에 준모 놈의 눈을 보니 머릿속은 텅텅 비었고 이 시간이 빨리 지나가기만 바라고 있었다. 얼굴에는 여전히 호모처럼 분칠이 가득했고 눈썹은 면도칼로 깔끔하게 정돈되어 있었다. 어찌 보면 선생님들도 일정 부분 비겁한 점이 있었다. 요주의 불량배들을 무조건적으로 탄압하는 선생님이 있는가 하면 비위를 맞추는 선생님도 있었다. 적당히 합의된 탄압으로 관계가 어그러지지도 않고 스스로의 선생이 된 명분도 유지하는 그런 선생님들 말이다. 그런 선생님들은 절대로 불량배들 머리에 바리깡을 대지 않았다. 그들의 두발이 불량하면 그냥 이발소에 가라고 말만 했을 뿐이다.

"우진이! 무슨 생각을 그렇게 해?"

담임선생님이 갑자기 물으셨다. 딴생각을 하는 게 유독 눈에 띄어서 그런 것 같았다.

"네! 아무것도 아닙니다!"

"그래? 그러면 삼두정치에 대해서 말해봐!"

"네! 로마제국에서 황제 체제가 만들어지기 직전의 3인 집권 체제를 지칭합니다!"

"대표적인 인물은?"

"율리우스 카이사르! 폼페이우스! 크라수스! 이렇게 세 명입니다!"

"잘했어! 다 같이 박수!"

기분이 좋았다. 아이들의 박수 소리를 들으며 나도 무언가를 할 줄 안다는 사실이 참 좋았다. 비록 허울뿐이고 의무적인 박수 소리였지만 그래도 나쁘지는 않았다. 무사히 선생님의 검문을 넘어간 나는 다시 한 번 나의 상상의 나래 속으로 빠져든다. 나는 로마의 황제가 되는 것이다. 시민들은 풍요롭고 풍족하며 즐거움이 가득하다. 로마 시민이 다른 생각을 하지 못하도록 즐거움을 그들에게 심어주어야 하는데 그중 하나가 바로 '검투'다. 시민들을 콜로세움에 모아놓고 각종 검투사에게 검투를 시킨다. 물론 검투사들은 노예 출신이며 그들 중에는 치선이 놈, 대강이 놈, 형두 놈, 준모 놈, 진호 놈, 태웅이 놈이 있다. 형두 놈과 준모 놈을 결투하게 만들어 둘 중 한 명이 죽을 때까지 싸우게 한다. 호모와도 같은 준모 놈이 최후를 맞이하게 되고 황제를 비롯한 나부터 시민 모두가 엄지손가락을 바닥으로 내려 준모 놈을 저세상에 가도록 해준다. 진호 놈과 태웅이 놈도 싸우게 만든다. 흑인 혈통의 태웅이 놈이 가뿐하게 이기지만 태웅이 놈이 마음에 들지 않은 나는 경비병을 이용해 마찬가지로 준모 놈처럼 저세상으로 보낸다. 그리고 최고의 클라이맥스 경기로 사자와 호랑이를 여러 마리 풀어놓고 치선이 놈과 대강이 놈에게 몽둥이 하나씩만 주고 콜로세움으로 몰아넣는다. 그들은 힘도 써보지 못하고 사자와 호랑이의 식사 거리가 된다. 피에 굶주린 로마 시민은 환호를 외치고 내 이름에 영광을 돌린다. 어찌 보면 상당히 불쌍한 상상이긴 했다. 현실에서는 저항조차 못 하는 그들에게 복수하고 싶은 마음을 상상을 통해 펼쳐보니 마음이 편안했다. 그렇게 내가 가장 좋아하는 세계사 시간이 끝이 났다.

쉬는 시간이었다. 한 번에 여러 놈이 책을 빌려오라고 했다. 치선이 놈, 대강이 놈, 형두 놈이 시켰다. 윤리 시간을 준비해야 했다. 마지막 8교시는 윤리 시간이었는데 윤리 선생님이라고 해서 막연한 선함을 기대했다간 돌이킬 수 없는 고통을 당해야 했다. 우리반이건 다른 반이건 친한 아이들이 거의 없었기 때문에 용기를 내어 책을 빌려봤다. 다행히도 주님의 도우심이 있었던 것인지 나의 처지를 이미 알고 있는 아이들이 많았기 때문에 불쌍히 여겨서 책 3권을 순순히 빌려 주었다. 나는 책을 빌려 머리에 이고 교실로 왔다. 우등생이었던 진호 놈이 외쳤다.

"저 새끼 일부러 선생님한테 걸려서 너희들 혼나게 만들려고 머리에 들고 온다!"

그 말에 치선이 놈이 성큼성큼 다가와 주먹으로 내 얼굴을 쳤다. 나는 책들과 함께 나가떨어졌고 그 모습을 본 진호 놈은 상황이 너무 극단으로 갔던 게 미안했던지 나를 힐끗힐끗 쳐다보았다. 눈물이 나려 했다. 하지만 오늘 기분 좋게 두 놈이나 선생님들에게 얻어터지고 린치를 당했기 때문에 울지 않을 수 있었다. 이내 종이 울리고 다들 자리에 착석하자 윤리 선생님이 들어오셨다. 윤리 선생님은 나름 확고한 철학이 있었는데 그 철학을 자주 입 밖으로 내뱉곤 하셨다.

'어차피 죽으면 썩어질 몸! 아껴서 뭐 하나!'

그렇게 말하는 선생님이 윤리 선생님이었다. 윤리 선생님은 우리의 육체가 즉, 죽으면 썩어질 몸이었기에 마음껏 폭력을 행사해도 별다른 문제가 없을 거라는 생각이셨다. 현세보다는 내세에 더비중을 두는 태도를 취하셨고 이를 우리에게 강요하는 듯했다. 다른 엄한 선생님들과 마찬가지로 윤리 시간에 한눈을 팔다가는 목검으로 얻어터지기 일쑤였다. 그래서 우리는 조심하고 또 조심했다. 윤리 시간은 우리의 도덕이나 윤리의식을 고쳐시키는 시간이절대 아니었다. 외우고 또 외우는 시간이었다. 즉, 암기과목이었다. 그렇다 보니 암기 상태가 불량하거나 선생님의 원하는 수준에 미치지 못했다간 몽둥이찜질을 당하는 것이었다. 물론 시험 직후에말이다. 윤리 선생님은 곧 수업을 시작하셨다. 강조하신 내용은 인간이 '윤리적 존재'임을 말했다. 짐승과 달리 스스로 옳고 그름을판단하며 도덕적 법칙을 만들고 또한 도덕적 자율성을 지닌다고했다. 또한 어떠한 삶이 진정으로 가치 있는지를 고민하며 어떻게하면 인간다운지를 스스로 묻는다고 하셨다. 그렇다 나를 포함한우리들은 그렇게 윤리를 배우고 있었다. 윤리적 관점에서 반성과성찰 또한 인간이 하는 것이라고 말했다. 그리하여 더 나은 방향으로 나가고자 하는 의지와 그에 따른 변화를 추구할 수 있는 존재말이다. 우리는 중학교 때부터 도덕을 시작으로 고등학교 3학년까지 윤리라는 것을 열심히 학습했음에도 윤리적 인간은 그다지 되지를 못했다. 몇몇을 제외하고는 말이다. 우선 옳고 그름을 판단할 수도 없었고 혹여 판단을 하더라도 늘 그름을 선택하는 놈들이었다. 물론 그놈들은 나를 매일 매일 죽고 싶을 정도로 괴롭히는 놈들을 두고 하는 말이다. 또한 도덕적 법칙을 만들기는커녕 악법을 만들어 나를 그 안에 가두고 마음껏 유린했다. 그놈들은 나에게 자율성을 절대 허락하지 않았다. 나에게는 그놈들에게 순응하는 법 외는 다른 선택지가 없었다. 어떠한 삶이 진정으로 가치 있는가? 에 대해서는 놈들에게 가치 있는 삶은 남을 착취하여 자신들의 삶을 윤택하게 하는 것이었고 나는 높은 이상이나 꿈이 없이 하루라는 시간 동안 최대한 적게 얻어터지고 적게 착취당하는 것이 진정으로 가치 있는 삶이라며 그것을 목표로 삼았다. 인간다운지에 대한 스스로에 대한 물음? 인간다움에 대한 이상은 그놈들에게는 없었다. 그냥 인간의 도덕성을 포기하고 살아가는 것이 그들 최고의 낙이었으니 말이다. 마치 앤서니 버지스의 소설《시계태엽 오렌지》의 등장인물 알렉스. 피트, 딤, 조지처럼 말이다. 우리는 그렇게 윤리 시간에 윤리적이지 못한 인간이 된 채 윤리를 배우고 있었다.

볼테르가 생각났다. 윤리 선생님이 좋아하는 철학자였고 그의 춤추는 몽둥이와는 다르게 우리는 볼테르를 배워야만 했다. 관용론을 가르쳤다. 그가 말하는 보편적 이성을 나는 믿을 수 없었다.

그리고 인간의 연약함을 통해 용서하는 관용의 미덕을 배운다는 말을 더더욱 믿을 수 없었다. 오늘날 볼테르가 살아있다 치면 볼테르 앞에서 나의 삶을 보여주고 당신의 주장을 증명하라고 말해보고 싶다. 하루 종일 빼앗기고 얻어터지고 노동력을 착취당하며 사는 나와 그리고 그런 행동들을 하며 아무 죄책감 없이 살아가는 그놈들을 보며 볼테르는 뭐라고 말할까? 볼테르는 틀렸다. 볼테르에게는 그의 사상이 그저 밥벌이 수단에 불과했을 것이다. 인간에게는 선이 없다. 전쟁 같은 것이 인간성을 말살시키는 것이 아니라 인간성은 원래 말살된 채 태어나는 거다.

양치기 : 젊은것들이 열 살에서 스물세 살로 건너 건너뛰거나, 아니면 그 세월 내내 잠만 자면 좋겠어. 왜냐하면 그 세월 내내 하는 일이라곤 계집애들을 임신시키거나, 노인들에게 행패를 부리거나, 도둑질에 싸움질이니까.

-윌리엄 셰익스피어, 〈겨울 이야기〉 3막 3장-

나는 칠판을 멍하니 쳐다보며 자세를 흐트리지 않고 많은 철학적 사색에 빠져들었다. 악한 인간들에 대한 고찰을 하고 또 했다. 그렇다고 달라질 건 없었다. 그들은 여전히 악할 것이고 그들의 악함은 변하지 않을 테니 말이다. 윤리 시간은 딱딱하게 흘러갔다. 아무런 미동이나 소음 없이 수업에 집중하거나 집중하는 척을 했다.

"열심히들 살아라! 운동도 열심히 하고! 공부도 열심히 하고! 효도도 열심히 해라! 어차피 죽으면 우리의 몸은 썩는다."

윤리 선생님은 다시 한 번, 그 말을 하면서 수업을 마쳤다. 이제 하루의 정규수업이 모두 끝났다. 곧 있으면 담임선생님이 들어오셔서 종례를 하고 우리에게는 1시간의 저녁 식사 시간이 주어질 것이다. 나는 부리나케 책들을 회수해서 반납했다. 교실은 그래도 하루를 잘 마쳤다는 생각에 시끌시끌했다. 이내 담임선생님은 들어왔고 약속대로 A4용지를 하나씩 나누어 주었다. 그곳에 공부한 흔적을 남기라고 말이다. 치선이 놈은 종이를 책상서랍 밑에 넣었고 나는 선생님 몰래 그걸 챙겨야 했다. 다행히 한 사람당 2장이 아니었다. 여전히 강박사고 때문에 힘들고 부담스럽긴 했지만 알지 못하는 수학 풀이 과정을 반복해서 적기만 하면 그만이었다.

"다들! 오늘도 수업 받느라고 대단히 고생들 많았어! 나누어 준 종이에 공부들 열심히 해서 아침에 제출할 수 있도록 해라! 고3은 시간 금방 간다! 어영부영하지 말고 지금이라도 집중해서 하면 원하는 대학보다 좀 더 좋은 곳으로 갈 수 있을 거야!"

선생님의 너그러운 독려에 반 아이들은 힘이 나는 듯했다.

"오늘 청소 어느 분단이지?"

"1분단이요!"

반장인 우현이가 대답했다. 1분단은 치선이 놈 분단이었고 나는 2분단이었지만 치선이 대신 청소를 해야만 했다. 만약에 담임선생님이 왜 네가 하냐고 묻는다면 바꿨다고 거짓말을 해야만 했다. 그렇게 치선이 놈은 나를 이용해 청소를 면했고 나는 치선이 놈 몫까지 해야만 했다. 자주 하는 청소라서 그런지 나는 제법 속도를 빨리 내는 법을 알았다. 처음에는 청소까지 하는 데 대해서 화가 나고 억울했지만 이제는 체념이란 녀석이 마음에 들어앉은 후부터는 그냥 받아들이기로 했다. 점심 식사를 모두 토하고 났더니 이제야 허기가 졌다. 그렇지만 형두 놈이 자전거를 빼앗아 타고 가는 바람에 저녁 식사를 해결할 길이 없었다. 주머니 속에는 운이 좋게도 착취당하지 않은 천 원짜리 하나가 들어 있었다. 하지만 그 돈을 당장 사용할 수는 없었다. 야간자율학습이 끝난 후, 나만의 아지트로 가서 해야 할 일이 있었기에 그 돈은 아껴 두기로 했다. 교실에 자리를 잡고 앉아서 지는 태양을 바라보았다. 붉은 석양이 제법 예뻤다.

'저 태양이 몇 번이고 뜨고 져야 나의 이 삶이 끝날까?'

도무지 끝나지 않는 이 노예 같은 삶이 너무 싫었다. 그리고 끝이 아직은 멀었다는 것이 너무나도 절망적이었다.

"정우진! 저녁 안 먹어?"

반장이었다.

"응! 안 먹게 되었어! 좀 사정이 생겨서….."
"무슨 사정?"

"자전거를 누군가에게 빌려줬어!"

"형두 새끼지?"

"그렇지… 뭐….."

난 자신 없는 목소리로 어깨에 힘을 뺀 채 대답했다.

"마침 잘됐다!"

반장아이가 반색하며 말했다.

"뭐가?"

"나! 저녁 급식 식권이 있거든! 근데 병원을 다녀와야 해서 어차피 못 먹으니까! 나 대신 우진이 네가 먹어라!"

"그래도 돼?"

"그럼! 당연하지! 평소에 많이 못 도와줘서 미안하다! 그 새끼들 언젠가는 꼭 벌 받을 거야!"

그러면서 반장인 우현이는 나의 손에 식권을 쥐여 주었다. 어려운 집안 형편으로 점심과 저녁 전부 급식을 먹는 게 어려워서 나는 저녁은 집에서 해결하곤 했다. 그래서 자전거가 필요했고 형두 놈은 그걸 빌린다고 표현하며 강탈해 간 것이다. 급하게 반장아이는 나가 버렸고 나는 마음이 따뜻해졌다.

'주여! 감사합니다! 오늘은 주를 욕하는 마음이 별로 없는 이유로 이런 축복을 내려 주시는 줄 믿습니다!'

나는 속으로 그렇게 감사의 기도를 드리고 학생 식당으로 향했다. 제육볶음 냄새가 코를 찔렀다. 점심 시간보다는 적은 인원이

식사했다. 그만큼 나를 괴롭게 할 놈도 없었고 편안한 식사를 마주
하면 되는 거였다. 자율배식이었기에 고기볶음을 잔뜩 퍼서 식판
에 담았다. 흰 쌀밥도 큰 주걱으로 퍼서 담았다. 나머지 반찬도 떠
서 담고 눈에 띄지 않는 구석진 곳에 앉아 평화를 느끼며 식사를
했다. 마치 자유인이 된 기분이었다. 내 반찬을 강탈해 갈 녀석도,
나를 때리는 녀석도 없었다. 심부름을 안 해도 됐기에 급한 마음으
로 먹지 않아도 됐고 흡사 언젠가 영화 〈쇼생크 탈출〉에서 앤디와
동료들이 지붕에서 따뜻한 햇살을 맞으며 보헤미안식 맥주를 여
유롭게 즐겼던 것처럼 나 또한 식사를 그렇게 즐기고 즐겼다. 석
양은 아름다웠고 성당의 종소리는 감미로웠다. 다만, 아쉬운 건 식
사가 다 끝나고 교실로 돌아가면 여전히 나를 아프게 하는 것들이
기다리고 있다는 게 슬펐다.

10

내가 수학을 못 하게 된 계기가 있다. 1988년 초등학교 1학년생
이던 시절 노년의 여자 선생은 굵고 긴 몽둥이로 산수 문제를 풀
지 못하는 어린이들의 손바닥을 사정없이 후려치곤 했기 때문이
다. 그 뒤로 산수 문제 앞에만 서면 앞이 까매지고 손바닥에서는
땀이 났다. 구구단과 사칙연산 그것이 내가 초등학문에서 배운 수
학의 전부였다. 중학생 시절 어찌어찌 방정식과 함수를 익혀 고등

학교까지 왔지만 아무리 수학문제를 끌어안고 발버둥 쳐도 저 앞에 가는 아이들을 따라잡을 수는 없었다. 그래서 나도 한 번 해보겠노라고 혁신적이었던 수학참고서 《개념원리》를 샀다. 하지만 나는 수학을 공부해서는 안 될 운명임을 알게 된 지는 얼마 지나지 않아서였다. 누군가 그걸 훔쳐 갔기 때문이다. 당시 그 참고서는 상당히 고가였는데 없는 돈에 큰마음 먹고 산 걸 아무렇지 않게 훔쳐 가 버렸다. 그렇게 또 시간을 보내다가 낙오자가 되기 싫어 또 구매했다. 이번에는 제법 책을 지키며 집합도 공부하고 행렬도 열심히 공부했다. 그렇지만 또 훔쳐 갔다. 우리 학교의 불량한 애들은 죄책감이란 게 없었다. 급우의 일제 볼펜이 좋아 보이면 망설임 없이 훔쳤고 더 대담하게 필통도 훔쳤다. 물론 나는 두 가지 경우를 다 당했다. 그 뒤로 필기구를 마련하지 않고 살았다. 우주의 기운이 나를 도왔든지 졸업하는 선배로부터 개념원리 새 책을 선물로 받았다. 역시나 이번에도 훔쳐 갔다. 도둑질을 하면 마음이 무겁거나 두렵거나 혹은 죄책감 같은 게 없을까? 라는 생각을 오래했다. 아니면 공짜로 무언가를 얻었다는 생각에 환희가 차오를까? 이제 20살도 안 된 미성년이 말이다. 나는 학교를 구성하는 불량학생이라는 새끼들에게 환멸을 느꼈다. 제2차 대전의 아우슈비츠가 이곳에 있었다면 그런 놈들을 다 가스실에 처넣고 일련의 자비 없이 독가스로 씨를 말리는 것이 인류의 번영을 위해 유익할 거라는 생각을 했다. 그런 놈들이 자식을 낳아 봤자 세상을 오염시키는 건 마찬가지일 테니까 말이다.

  저녁 식사 시간이 끝나고 자율학습을 하기 위해 반 아이들이 다시 교실로 모여들었다. 교실은 아이들의 웅성거리는 소리로 시끄러웠고 야간자율학습을 알리는 종소리가 울렸다. 형두 놈이 징그러운 미소로 나에게 다가와 자전거 열쇠를 건넸다. 나는 아무런 표정도 없이 열쇠를 받아 주머니에 넣었고 야간자율학습 관리감독 선생님들은 목소리를 높이며 어수선해진 교실을 향해 주의를 주었다. 나는 《수학의 정석》을 펴서 집합을 들여다보았다. 봐도 무슨 소리인지 도무지 알 수가 없었다. 그리고 설명이 개념원리보다는 더 친절하거나 상세하지 않았다. 그렇게 나에게서 떠나간 3권의 개념원리를 다시 생각하니 분이 차올랐다. 그리고 치선이 놈, 대강이 놈, 형두 놈, 준모 놈, 태웅이 놈, 악마 같은 놈들을 정규 수업 시간 이외에도 봐야만 했다. 진호 놈과 반장은 우등생이었기에 학교에서 특별히 제공하는 고급 독서실을 이용했다. 하지만 학교의 평균을 깎아 먹는 학생들은 교실에서 자습을 해야만 했다. 관리감독 선생님들은 당번을 정해 꾸준히 순찰을 돌았고 혹시라도 무단으로 도망간 녀석들이 없나 수시로 확인하곤 했다. 물론 무단으로 도망을 갔다가 발각된 녀석들은 아침 일찍 교무실로 불려 가 학생과장에게 몽둥이찜질을 당해야만 했다. 늘 얻어터져도 도망가는 걸 두려워하지 않던 놈이 있었다. 그놈은 바로 대강이 놈이었다. 그

놈은 종종 교실에 들어와서 감독 선생님의 출석체크 여부만 확인한 뒤, 가방을 메고 밖으로 나가버리곤 했다. 나가면 할 일은 많았다. 오락실에 갈 수도 있었고 당구장에 갈 수도 있었다. 그 밖에도 맛있는 걸 사 먹거나 아니면 집에서 비디오를 시청할 수도 있었다. 하지만 그놈이 주로 하는 일은 탈선한 여자애들을 만나 욕정을 채우는 일이었다. 얼굴이 곱상하게 잘생겼던 터라 인근 여자고등학교 학생들에게 인기가 많았다. 편지도 제법 받았고 초콜릿이나 사탕 같은 것도 많이 받았다. 한 가지 아쉬웠던 것은 그놈의 곱상한 얼굴 덕에 그 뒤에 있는 악한 본성을 볼 줄 아는 여자애들은 단 한 명도 없었다. 그놈의 머릿속에서 여자를 생각하면 떠오르는 말은 오로지 '따먹기' 그것 하나였다. 19살의 나이에 여자랑 성관계를 시작하면 20분을 가뿐히 넘겼고 한 세트가 끝나고 나면 잠시 후에 다시 게임을 시작할 정도의 체력이 있었다. 나와 또래들이 포르노 테이프를 보며 성교육을 하는 것이 전부였다면 그놈은 이른 나이에 그것을 실천에 옮겼다. 그날도 인근 여자고등학교 학생을 만나서 욕정을 채우려고 일찌감치 학교를 나섰다. 주로 초등학교 운동장이나 건물의 어두운 계단에서 밀회를 즐기곤 했다. 주말이면 아이들의 탈선을 눈감아 주는 도시 외곽 모텔을 이용하기도 했다. 솔직히 녀석의 삶이 부럽기도 했다. 남자로 태어나서 누리고 싶은 죄악과 쾌락을 마음껏 누리고 사는 모습이 많이 부러웠던 것도 사실이다. 마비된 양심이 주는 쾌감이 얼마나 달콤할까? 하고 생각하기도 했다. 일전에 야간자율학습이 끝나고 자전거를 타고 집으로 돌아가는 시내에서 대강이 놈과 그놈의 여자 친구를 만난 적이 있다. 하필이면 내 고물 자전거의 체인이 빠져서 주저앉아 맨손에 기름을 묻혀 가며 체인을 끼고 있을 때였다. 한껏 멋지게 차려입은 녀석이 대학생으로 보이는 누나와 함께 팔짱을 끼고 시내를 걷고 있었다. 그놈은 멀리서 나를 발견하고 다가와서 세상 인자한 인간인 듯 쪼그리고 앉아있는 나를 지나며 내 머리를 쓰다듬고 대학생 누나와 함께 가버렸다.

'누나! 속지 마세요! 그놈은 누나를 사랑하는 게 아니라 어떻게든 누나를 따먹으려고 그러는 거예요!'

나는 A4용지 두 장을 꺼냈다. 그리고는 정석을 펴서 이리저리 종이를 채워 나갔다. 말 그대로 노동이었다. 아무런 공부도 되지 않았고 효과도 없었다. 그냥 치선이 놈에 얻어터지지 않기 위해 발버둥 치는 것에 불과했다. 그래도 종이를 채워 나가면 시간은 잘 흘러갔다. 그리고 불량배들이 건드리지만 않으면 야간자율학습은 나름대로의 휴식 시간이었다. 그렇게 두 장의 종이를 채우고 나니 시간이 제법 흘러 있었다. 나쁘지 않았다. 저녁에 먹은 제육볶음이 큰 만족감을 주었고 불량배 녀석들이 자신들의 유희를 위해 나를 괴롭히지 않으니 잠시나마 안식을 취할 수 있었다. 감독 선생님들이 순찰을 잘 돌지 않으면 불량배들은 나를 불러 자신들의 즐거움을 위해 가학적인 행동을 하곤 했다. 그로 인해 내가 고통스러워하거나 아파하거나 슬퍼서 눈물이라도 보이게 되면 그놈들은 세상을 다 가진 듯 웃어댔다. 오늘만 무사히 넘기자는 심정으로 버티고 있는데 태웅이 놈이 날 불렀다.

"야! 정우진! 이리 와봐!"

곧바로 불길함이 엄습했다. 놈이 나를 부른 이유는 뻔했다. 몸이 찌뿌둥해서 권투를 하고 싶었던 것이다. 나는 야간자율학습 시간에 감독 선생님들의 눈을 피해 의지와는 상관없이 권투를 하곤 했다. 규칙은 간단했다. 태웅이 놈은 공격과 방어가 둘 다 가능했고 나는 방어만 가능했다. 말이 권투지 날 살아있는 샌드백 삼아 그냥 때리는 것이었다. 그도 그럴 것이 생긴 게 꼭 흑인 같아서 전설의 복서 '마빈 해글러'를 연상케 했다. 늘 모래시계의 태수에 자신을 투영하여 살아가던 태웅이 놈은 나와 권투를 할 때도 항상 태수의 목소리를 흉내 내며 말했다.

"피하지 말고 남자답게 당당하게 맞아라!"

"진정으로 남자다운 건 약자를 괴롭히지 않고 보호하는 거란다."

나는 태웅이 놈이 듣지 못하도록 조용히 웅얼거렸다. 우리의 링은 계단 옆 외진 공간이었다. 그곳은 형광등 빛이 들어오지 않아 어두웠고 감독 선생님의 눈에 띄지 않는 곳이었다. 그곳에서 나와 태웅이 놈은 종종 권투를 하곤 했다. 처음에는 주먹이 너무 아파 소리를 질렀더니 더 때렸다. 발각되면 안 된다면서 말이다. 그냥 끙! 끙! 거리며 소리를 삼키는 수밖에 없었다. 내가 해글러와 권투를 하면서 발달하기 시작한 감각이 하나 있다. 바로 '동체시력'이다. 이제는 웬만해서는 태웅이 놈의 주먹을 손으로 막거나 피할 수 있었다. '태수'를 흉내 내며 어두운 곳으로 나를 부른 태웅이 놈은 혼자서 입으로 소리를 내며 셰도우 복싱을 하더니 나에게 스텝을 밟으며 성큼성큼 다가와 내 몸을 때리기 시작했다. 덩치가 나보다 크고 힘이 강한 놈들이 치는 주먹은 언제나 아프다. 다만 나는 이리저리 맞지 않으려 피하는 게 최선이었다. 아주 가끔은 나도 주먹으로 놈의 인중을 강하게 가격하고 싶었지만 그랬다가는 아마 토할 때까지 맞아야 했기에 그럴 수가 없었다. 그렇게 태웅이 놈에게 얻어터지는 순간에도 나는 영화 한 편이 떠올랐다. '윌렘 데포' 주연의 〈트라이엄프〉라는 나치의 잔혹성을 고발한 영화였다. 주인공 '살라모'는 나치 장교들의 즐거움과 자신의 생명을 부지하기 위해 죽음의 권투를 한다. 태웅이 놈이 내 몸을 샌드백 치듯 치면서 드는 생각은 그때 그 나치 놈들이나 우리 학교의 불량배 놈들이나 근본적으로 악을 추구하는 그 중심만큼은 같다는 생각이 들었다. 그리고 그 나치와도 같은 놈들은 우리 세계에도 여전히 존재한다는 것이었다. 경기가 진행될수록 태웅이 놈의 숨소리도 가빠졌고 나도 몸에서 땀이 나기 시작했다. 정말 나랑 괴롭히는 불량배들이 카르텔을 조직하지 않고 태웅이 놈 한 놈만이 나를 괴롭혔다면 나는 아마 지옥 같은 생활을 진즉에 끝냈을 것이다. 나 또한 스텝을 밟으며 기회를 보다가 '일발즉사' 부위 즉, 울대에다가 힘을 모아 주먹을 내어 꽂는다면 아마 태웅이 놈은 그 자리에서 비명도 못 지르고 버둥거리다가 숨을 거둘 게 분명했다. 나는 계속 맞으면서 피해 다녔다. 놈의 피부색이 워낙 흑인에 가까운지라 어두운 계단 옆에서 분간하기가 여간 어려운 일이 아니었다. 놈은 재미를 붙였는지 계속해서 내 옆구리와 몸통을 가격했다. 아팠다. 때로는 명치 인근을 맞아서 숨이 쉬어지지 않기도 했다. 상황이 길어지자 몸과 마음이 여간 불편한 것이 아니었다.

"야! 이 새끼야! 너희들 거기서 뭐 해! 힘없는 친구를 괴롭히나?"

자율학습 감독을 돌던 생물 선생님이었다. 우리 두 명 전부 자율학습시간에 딴짓을 하다가 발각이 되었고 그 상황은 학교폭력 상황으로 보였다. 생물 선생님이 여간 화가 난 것처럼 보이지 않았다. 생물 선생님은 우리 학교에 부임한 지 얼마 되지 않은 신입 선생님이었다. 젊은 사람이었고 젊은 만큼 에너지도 긍정적이었다.

물론 우리를 가르치는 선생님은 아니었지만 모든 사람과 친밀함을 누리고자 했던 생물 선생님의 눈에는 눈앞 광경이 낯설기만 했을지도 모른다.

"아하하! 선생님! 우진이랑 그냥 장난 좀 쳤어요!"

태웅이 놈이 얼른 표정을 천진난만하게 바꾸며 살갑게 말했다.
"아하하! 선생님! 맞아요! 공부하다가 심심해서 몸 좀 풀었어요!"

나도 살기 위해 얼굴을 바꾸고 장난스럽게 말했다.

"진짜야?"

선생님은 의심의 눈초리를 얼른 거두고 우리들을 보았다.

"그래도 자습 시간에 이러면 안 되지!"

"죄송합니다."

"저도…."

그 말에 선생님은 표정이 풀렸다.

"자! 이제 들어가서 공부해!

선생님의 지시에 우리는 얼른 교실 안으로 들어와 자리에 앉았다. 그리고 선생님은 우리 교실로 들어와 이리저리 살피기 시작하셨다. 그리고는 내게로 와서 귀에 대고 말씀하셨다.
"쉬는 시간 종이 울리면 교무실로 와! 이야기 좀 하자!"

그 말에 불안이 엄습하고 몸이 경직되기 시작했다. 그리고 쉬는 시간을 알리는 종이 울림과 동시에 손에서는 땀이 났다. 그리고 그 광경을 모든 불량배들이 지켜보고 있었다. 쉬는 시간은 대략 15분이었고 나는 선생님의 지시를 거부할 수 없어 떨리는 마음으로 교무실로 향했다. 교실과 복도는 아이들의 웅성이는 소리로 분주했지만 교무실은 고요했다. 생물 선생님만 자리에 앉아 계셨고 대추차를 타고 있었다. 선생님은 온화하게 웃으시며 나더러 앉으라고 했고 나는 다른 쪽 의자를 끌어다가 앉았다.

"다른 친구들이 너 괴롭히니?"

선생님의 그 말에 앞이 깜깜해졌다.

11

머릿속에서 많은 생각이 오고 갔다. 여기서 나의 삶을 사실대로 말하면 상황은 걷잡을 수 없이 복잡해질 테고 그에 따른 결과와 고통은 전부 나의 몫이 된다. 불량배들은 절대 피해를 입지 않는다. 대신 나는 모든 걸 이실직고 했을 때 온갖 보복은 다 당할 것이다.

"솔직히 말해 봐! 우진아! 평소에 밝고 활기차서 이런 부분이 의심되지는 않았었어!"

"아니에요! 선생님! 제가 활기차잖아요? 가끔 태웅이랑 그렇게 장난을 쳐요!"

나는 애써 따뜻하게 웃으며 대답했다.

"진짜 그렇게 믿어도 되니?"

"네, 그럼요!"

선생님은 쓴웃음을 지었다. 자신도 자신의 짐작이 맞는다는 걸 아는 눈치였고 자신이 해줄 수 있는 것이 아무것도 없다는 걸 아는 듯 슬퍼 보였으며 결국 내가 원하는 게 뭔지 그리고 그대로 관

1. 노예—폭력 교실의 하루   99

망할 수밖에 없다는 것이 슬퍼 보였다.

"그래! 아마 내가 널 도와주는 방법은 그냥 가만히 있는 것이 제일 지혜로운 것일 수 있겠다."

"아니에요! 선생님! 진짜 장난이에요!"

소금을 한 움큼 삼킨 듯 쓰라린 슬픔이 올라왔지만 참아야 했다. 난 그런 걸 잘했다. 불량배 놈들이 날 다스리고 정복하기 시작한 때부터 마음의 감정과 외면의 모습을 다르게 표현해야만 했다. 그래야 덜 얻어터졌고 그래야 그나마 있는 자존심도 세울 수 있었다.

"우진이는 꿈이 뭐니?"

"꿈이요?"

"그래! 꿈!"

순간 고민했다. 정말 나의 이상적인 꿈을 말할지 아니면 진짜 내 삶에서의 소원을 말할지를 두고 말이다. 나의 소원은 단, 하루만이라도 평범하게 살아보는 거였다. 강박에 기인한 불안증세 없이 상쇄 행동으로 의무적인 기도를 하지 않고 모두에게 사랑받는 것은 아니지만 나를 귀하게 여겨주는 친구들과 장난도 치며 마음과 마음을 서로 열고 진솔하게 대화하고 때로는 쌍욕을 하며 다툴 줄도 아는 그런 하루 말이다. 거기에는 폭력도 없고 협박도 없다. 동화처럼 유쾌함만이 있는 거다. 음식을 빼앗길까 봐 걱정하며 식당에 가지 않아도 되고 문제를 많이 맞혔다고 얻어터질 일도 없는 그런 하루 말이다. 항상 불량배들의 심부름을 하려고 전전긍긍 일분일초가 아깝게 뛰어다니는 그런 삶이 아니라 쉬는 시간에 미리 수학 문제 몇 문제라도 풀어볼 수 있는 그런 여유 있는 하루…. 없는 살림에 어렵게 마련한 참고서를 도둑맞지 않는 그런 하루를 사는 것이 19살의 내 꿈이었다.

"영화감독이요!"

"참! 멋진 꿈이구나!"

그렇게 나는 거짓말을 할 수밖에 없었다. 그리고 이 상황을 나를 위해 눈감아 주는 생물 선생님이 고마웠다. 자율학습 시작을 알리는 종은 이미 울렸고 난 교실로 돌아가기만 하면 되었다. 복도를 걷고 있는데 앞으로 교실 안에서 벌어질 상황이 예측됐다. 그들은 내가 생물 선생님에게 고자질을 했는지 전전긍긍했기에 두려워 떨고 있었을 테고 내가 돌아오기만을 기다리고 있을 것이다. 그리고 내가 교실로 들어오면 나를 추궁하고 협박해 내가 고자질을 했는지 안 했는지를 알아내려 할 것이다. 오늘도 이렇게 저녁을 지나 밤을 맞이했다. 이젠 두렵거나 불안하지도 않았다.

"이리 와!"

치선이 놈이 나를 자기 자리로 불렀다. 나는 아무런 저항 없이 그 자리로 갔다.

"무슨 얘기 했어?"

"아무 이야기 안 했어!"

"거짓말 하면 넌 죽어!"

"진짜 아무 말도 안 했어!"

"말로 해서는 안 되겠네….'

치선이 놈의 그 말에 불량배 녀석들은 히죽거리기 시작했고 약속이나 한 듯 치선이 놈 자리로 모여들었다.

"오랜만에 주리를 좀 틀어야겠어!"

나는 치선이 놈이 주리를 튼다는 것이 무엇을 의미하는 줄 알았다. 일종의 가학적인 고문의 한 종류였는데 굵은 볼펜을 손가락 사이에 넣고 있는 힘을 다해서 누르는 것이다.

"손 내밀어!"

"난 정말 아무 말도 하지 않았어!"

"죽을래? 진짜 맞아 볼 테냐?"

실랑이를 해봤자 아무 의미가 없다는 걸 알기에 체념하는 마음으로 손을 내밀었다.

"바른말을 할 때까지 주리를 틀어주지!"

녀석은 야무진 모습으로 내 손가락 사이사이에 볼펜을 끼워 넣었다. 녀석의 얼굴은 웃음으로 가득했고 설레기까지 했다.

"자! 이제 들어간다!"

난 아무 말 없이 눈을 감았다.

"이얍!"

녀석은 온 힘을 자신의 손에 집중했다. 나는 손가락의 뼈마디 마디가 쑤셨다. 그 고통은 멈춰지질 않고 계속 지속되었다.
"으윽!"

내가 고통을 참지 못하고 비명을 내지르자 녀석은 행동을 멈췄다.

"네가 소리를 지르면 선생님이 오잖아! 조용히 당해라!"

나는 고개를 끄덕였다. 녀석은 다시 한 번 손에 힘을 주었고 나는 이를 깨물며 고통을 참았다.

"선생한테 고자질했어? 안 했어?"

난 고통을 느끼며 고개를 가로저었다. 고통이 너무 심해 말이 도무지 나오질 않았다.

"정말 아무 말도 하지 않았어!"

"근데 왜 한참 있다가 와?"

녀석은 더욱 힘을 가하며 물었다.

"선생님이 꿈이 뭐냐고 물어봐서 그 이야기하다가 왔어! 정말이야! 믿어줘!"

나는 고통을 억누르며 사력을 다해 대답했다. 결국 난 소리 없이 울고 말았다. 마음에 분이 한가득 차오르며 눈물이 흘러내렸다. 참 재미있었던 건 내가 고문당하는 장면을 보며 불량배 놈들 전부 웃음을 참지 못했다는 거였다. 그랬다. 내가 고통받으며 절규하는 모습이 그들에게는 어느 코미디 프로그램보다 즐거운 장면이었다.

"역시! 충성된 모습 보기 좋아! 앞으로도 이런 깡다구를 기대하겠어!"

치선이 놈이 고문을 멈추며 말했다. 참으로 화가 나고 눈물도 났다. 그리고 마음속으로 또 하나님에게 대들었다.

'오늘은 잘못도 거의 안 했잖아요! 근데 왜 고통을 주고 징벌을 주십니까?'

마음속에서 악을 쓰고 비명을 지르며 따졌다. 가장 미운 존재는 전능자였다. 난 죄가 없다. 나는 악을 일삼아 살지도 않는다. 내가 당하는 고통은 저놈들이 당해야 마땅하다. 그런 죄 없는 나에게 끝이 보이지 않는 이런 고통을 두고만 보는 하나님이란 존재가 밉고 싫었다. 하늘에 대고 저주를 퍼붓고 욕을 마음껏 하고 싶었다. 그리고는 징벌로 즉사를 하고 나면 속이 편할 것 같았다. 하지만 그랬다간 죽지도 않을뿐더러 그에 상응하는 더욱더 큰 고통과 징벌이 불량배 놈들을 통해 나를 찾아올 게 분명하기에 마음속으로 울며 분해하는 수밖에 없었다. 아무리 발버둥 쳐도 사방은 전부 어둠이었고 작은 빛조차 나를 찾아와 주지 않았다.

그렇게 자리에 돌아와 마음속으로 전능자를 향해 분을 품었던 마음을 다시 용서를 구하는 기도를 했다. 눈을 감고 있어서 그런지 잠이 왔다. 실컷 울고 나서 자는 잠이라 그런지 달콤하게 잤다. 이렇게라도 잠시 쉬어주지 않으면 언제 닥칠지 모르는 고난에 대비할 힘이 생기지를 않는다.

대강이 놈이 매점에서 사오라고 하는 건 주로 콜라였다. 그놈은 콜라라면 환장했고 아마도 그놈의 피의 일부는 콜라인지도 몰랐다. 야간자율학습이 거의 끝나갈 무렵 마지막 고난이 나를 기다리고 있었다.

"정우진! 이리 와!"

대강이 놈이 날 불렀다. 나는 마음속으로 오늘도 거의 끝났다고 스스로를 위안하며 하나만 더하면 집에 갈 수 있다고 여겼다. 내가 가는 동안 대강이 놈은 멋지게 생긴 지갑에서 천 원짜리 지폐 하나를 꺼내 나에게 주었다.

"가서 콜라 사 와!"

"지금은 자율학습시간이잖아!

"그래서? 가기 싫어? 나도 주리 한번 틀어줄까?"

나는 아무 말없이 지폐를 받아 들고 야음을 틈타 매점으로 향했다. 혹여나 자율학습시간에 매점을 이용하다 걸리면 선생님들에게 혼이 나기 일쑤였고 과격한 선생님들을 만나면 몽둥이찜질을 당해야 했기에 야간의 심부름은 여간 까다로운 게 아니었다. 하지만 나는 내 손가락을 보호하고 싶었고 상대적으로 빠르게만 다녀오면 위험부담이 적은 심부름을 택하기로 했다.

"아! 맞다! 사다가 선생님한테 걸리면 네 거라고 하는 거야!"

대강이 놈이 무미건조하게 덧붙이는 말이었다. 건물을 나와 조용히 운동장을 가로질렀다. 감사하게도 선생님들은 한 명도 마주치지 않았고 어둠이 드리운 곳으로만 갔기에 발각될 확률이 적었다. 앞에서 반짝이는 매점 불빛이 보였고 이제 콜라만 사서 돌아가면… 오늘의 고통은 마무리될지도 몰랐다. 떨리는 마음으로 심호흡을 하고 매점 문을 열었다.

"엎드려! 정우진!"

학생과장인 사회 선생님이 라면을 드시고 있었고 나는 그와 눈이 마주쳤다. 나는 파블로프 개처럼 반사적으로 매점 복도에 엎드렸다.

12

학생과장 선생님에게 나는 그냥 해맑은 말썽꾸러기였다. 매일 지각을 하고 공부를 못하지만 늘 천진난만하게 웃고 다니는 그런 아이를 의미했다. 그 웃음이 그 웃음이 아닌데도 말이다. 나의 자세한 삶을 알지 못했던 사회 선생님은 웃고만 다니는 내 모습에 나를 미워하거나 골칫덩이로 여기지는 않았다. 가끔 농담을 하기도 했으며 악의를 가지고 대하지는 않았다.

"배가 출출했냐?"

라면을 다 드시고 다가온 선생님이 말했다. 그리고 나를 더 이상 체벌을 할 생각은 없는 것 같았다. 사석에서 만난 것처럼 선생님 말에는 온기가 돌았다.

"저녁 안 먹었니?"

"먹었어요!"

나 역시 속사정은 숨긴 채 따뜻한 어조로 대답을 했다.

"사고 싶은 거 얼른 사서 교실로 들어가서 공부해! 이제 집에 갈 시간 다가오잖아!"

선생님은 아침과는 다르게 따뜻한 말로 나의 어깨를 주무르며 말했다. 순간 울컥하며 눈물이 튀어나올 것 같았지만 사력을 다해 참았다. 나는 억지웃음을 보이며 가판으로 다가갔다.

"콜라 한 캔만 주세요."

그 말에 아주머니는 환하게 웃으며 콜라를 건넸고 나는 지폐를 넘겨주고 거스름돈을 챙겼다. 선생님의 허락이 있었기에 나는 안심하면서 교실로 돌아왔다. 사 온 콜라를 대강이 놈에게 주었고 거스름돈도 전해 주었다.

"잘했어!"

대강이 놈의 말이었다. 흡사 견공에게 공을 던져주고 잘 물어오면 하는 칭찬처럼 말이다. 그놈의 콜라 캔 따는 소리와 함께 끝을 알리는 자율학습시간 종이 울렸고 나는 이제 나를 위로하는 시간을 가지며 집으로 돌아가기만 하면 됐다. 여전히 치열하고 지옥 같았던 하루였다. 가방을 챙기고 자전거 열쇠를 손에 쥔 뒤, 자전거가 세워진 곳으로 향했다. 내 낡은 자전거를 보니 반가웠다. 변하지 않고 늘 나의 친구가 되어 주는 녀석이 고맙기가 그지없었다. 세르반테스의 소설 《돈키호테》의 충성된 말 '로시난테'처럼 내 옆을 늘 지켜주었다. 자물쇠를 풀고 올라타려고 하니 자전거가 무겁다. 자세히 보니 뒷바퀴에 바람이 모두 빠져있었다.

'형두 놈이 펑크 내고 그냥 뒀구나!'

주위를 두리번거렸다. 형두 놈을 찾아서 어찌 된 일인지 자초지종을 묻고 싶었다. 아니나 다를까 범죄자가 범죄 현장에 반드시 나타나듯 형두 놈은 뒤에서 미소를 히죽거리며 나를 보고 있었다.
"네가 자전거 펑크 냈니?"

내가 물었다.

"아니!"

그놈의 비열한 웃음과 어설픈 연기가 이미 범인이 그놈이라는 걸 말해 주고 있었다.

"근데 이게 왜 이러지?"

"난 모르지! 아까는 멀쩡했어!"

놈은 나에게 거짓말을 하기 위해 그리고 책임을 피하기 위해 이 곳으로 온 것이었다. 나는 화를 낼 수도 그렇다고 고쳐놓으라고 말할 수도 없었다. 그럴 용기도 없었고 내면에 힘도 없었다. 그냥 그 놈을 등지고 내 갈 길을 갈 뿐이었다.

"너 나 의심하냐?"

놈이 내 앞으로 다가와 하는 말이었다.

"아니야! 미안해!"

나는 더 이상 상대하기 싫어 미안함을 표했고 그놈은 자신의 알리바이가 나의 사과로 입증되는 듯 징그러운 웃음을 지으며 떠났다. 자전거를 끌고 시내로 가면서 내일 아침에는 좀 더 일찍 일어나서 하루를 시작해야겠다는 생각이 들었다. 자전거 없이 학교에서 집까지 걸어야 했고 자율학습이 끝난 야간 시간에는 수리를 할 곳도 마땅치 않았으며 수리할 돈도 없었다. 주머니에는 천 원짜리한 장뿐이었다. 자전거는 다른 날과 다르게 꽤나 무거웠다. 시내의 밝은 빛을 보니 마음이 편안해졌고 상가에서 흘러나오는 가요를 들으며 슬픈 마음을 떨쳐버리려 노력했다. 근데 좀처럼 슬픈 마음이 떠나지는 않았다.

스타크래프트라는 게임이 유행하던 시절이었다. 당시 한국에는 PC방이 우후죽순 생겨나기 시작했고 PC방 사업으로 돈을 제법 번 사람도 많았다. 사용요금이 30분에 천 원 정도 했으니 나에게는 매우 부담스러운 오락거리였다. 자율학습이 끝나면 너나 할 것 없이 대부분의 고등학생은 PC방으로 달려갔다. 그곳에서 하루의 피로와 수고를 덜었고 위로를 받았다. 하지만 나는 그 게임을 할 줄 몰랐다. 집에 개인용 컴퓨터도 없었을뿐더러 사용하는 용돈 가지고는 그곳에서 오락할 형편이 못됐다. 그래도 낙이 있다면 밝은 불빛이 나오는 그곳에 들어가 다른 학생이 게임하는 걸 구경하는 거였다. 진기한 게임 그래픽이 신기했고 사운드 효과가 내 마음을 위로하기에 충분했다. 나는 자전거를 세워놓고 자주 가는 PC방에 들어갔다. 학교에서 느껴지는 딱딱한 분위기와는 달리 자유로운 그곳에서 일종의 해방감을 느꼈다. 나보다 먼저 와서 자리를 잡고 게임을 즐기는 학생도 있었다. 나는 멍하니 서서 다리가 아픈 줄도 모르고 다른 아이들의 게임을 열심히 지켜보았다. 인간종족이 죽을 때는 케첩 같은 모양으로 변하면서 비명을 내질렀다. 곤충종족의 가시 괴물이 땅속에 심은 대형 가시로 병졸들을 공격했는데 낙엽처럼 우수수 떨어져 나갔다. 다시 한 번, 상상의 나래를 펼쳐 본다. 치선이 놈, 대강이 놈, 형두 놈, 준모 놈, 진호 놈, 이 자식들이 인간 병사로 나의 본진에 돌진한다고 해도 나는 곤충 종족으로 그놈들을 하나도 남김없이 잔인하게 저세상으로 보낸다. 전투는 치열하게 벌어지고 치열할수록 전쟁터는 케첩만이 가득해진다. 그놈들의 비명은 오페라 아리아처럼 나를 한껏 들뜨게 한다. 영화 〈지옥의 묵시록〉에 삽입된 바그너의 곡 〈발퀴레의 기행〉이 귀에 들리는 듯했다. 처절한 죽음이 오고 가는 전투에서 그놈들은 과연 자신들의 종말을 뭐라고 생각할까? 라는 생각이 들었다. 그냥 단지 운이 다했다고 그저 불운하다고 생각하며 무서워할까? 그렇다면 그놈들은 철학도 인생에 대한 고민도 없는 동물과 다를 바가 없는 놈들이다. 애견으로 비유해 봤을 때 오로지 좋은 간식과 좋은 사료 그리고 안락한 공간이 삶의 이유와 목적인 동물과 다를 바가 없는 놈들이다. 그러기 위해서 다른 사람도 짓밟고 유린하는 게 아무렇지 않은 도덕과 양심과 이성 없는 그런 동물 말이다. 우리 학년 학생 중에 무척이나 게임을 잘하는 학생이 있었다. 이름은 몰랐지만 얼굴만 아는 그런 사이의 학생이었다. 많은 학생이 그 아이를 둘러싸고 경기를 구경했다. 아이들이 하나둘씩 몰려들더니 제법 많은 인원이 그를 둘러쌌다. 클릭하는 속도가 보통이 아니었고 단축키를 여간 빠르게 사용하는 게 아니었다. 우리 모두 그 친구를 응원했고 그 친구는 절묘한 위기 상황에서도 기사회생하며 게임을 역전으로 이끌어 냈다. 돈을 내고 게임을 하지 않아도 즐거울 수 있음이 너무 감사했다. 더욱더 감사했던 건 나도 이 무리에 소속되어 한마음이 되었다는 것이 좋았다. 비록 게임이 끝나고 나면 사라질 소속감이지만 말이다. 같이 한마음으로 응원하고 같이 환호하며 같이 웃었다. 게임이 계속 진행되길 바랐다. 그래서 이 따뜻한 소속감을 계속 느끼고 싶었다. 학교나 교실에서는 좀처럼 느껴볼 수 없는 감정이었다. 하지만 아쉽게도 게임은 모두 끝났고 다들 각자의 집을 찾아 가방을 메고 돌아갔다. 나는 다시 터벅거리며 자전거를 끌고 길을 걸었다. 거리는 PC방에 오기 전보다 훨씬 한산했다. 쓸쓸함도 더 커졌다.

대강이와 치선이의 카르텔은 아주 견고했다. 그리고 그 무리를 이루는 아이들도 서로 돈독했다. 나 말고 다른 연약한 피해자들이 반란을 일으키면 그 무리들은 서로 번갈아 가며 보복을 해주곤 했다. 그러니 내 입장에서는 반란을 꿈도 꿀 수가 없었다. 몇 배의 잔혹한 응징이 기다리고 있었고 그들 눈치를 보는 대다수의 아이들은 고자질한 아이를 영원히 학급의 같은 구성원으로서 취급하지 않았다. 그래야만 자신들이 살 수 있었으니 말이다. 그러니까 내가 반항을 하거나 저항할 경우 그런 나를 처단하는 놈들이 최소 다섯이라는 말이었다. 그놈들을 모두 물리칠 수 없으면 그냥 순응하고 살아가는 게 나았을는지도 몰랐다. 힘은 있지만 비겁한 녀석들의 특징은 서로 절대 마찰을 빚지 않는다는 거다. 치선이 놈과 대강이 놈이 그랬다. 서로 알력싸움을 해봤자 득이 될 게 없으니 나 같은 애들을 괴롭히며 서로 우애를 다지고 돈독함을 쌓아 갔다. 일종의 공동의 목표물을 만들어 서로 단합한다고나 할까? 그리고 다른 녀석들도 동일한 생각으로 서로의 위치를 지켜가며 서로를 존중하고 자신들의 최고의 친구들이라 여기며 학창 시절을 보냈다. 그들은 그걸 우정이라 불렀다. 그런데 이들 무리에 파문을 일으킨 사건이 한 번 있었다.

 전학 온 재규라는 아이가 터뜨린 일이었다. 재규는 불량배도 아니었고 싸움을 잘하는 것도 아니었다. 그냥 불량배 아이들이랑 어울리고 싶었고 자신도 학교라는 사회에서 우위를 점하고 싶은 욕구가 강했다. 하지만 우위에 있는 무리들은 재규를 흡수해주지 않았다. 뭐가 마음에 안 들었는지 이방인인 재규를 별다를 바 없이 무시하고 하대했다. 재규는 같이 담배를 피울 일이 있으면 불량배들과 억지로 어울려 담배를 피우려 했고 최대한 친한 척을 하려고 노력했다. 하지만 재규는 저 위 어딘가가 아닌 모호한 곳을 인공위성처럼 떠돌며 무시당하고 하대를 당했다. 그런 재규가 한 번은 학교 밖 담벼락에서 담배를 피우다가 학생과장 선생님에게 발각되는 일이 발생했다. 선생님도 대충은 재규가 불량배의 일원은 되고 싶으나 그들과 어울릴 수 없다는 걸 대충은 알고 있었고 재규가 불량한 아이들의 탈선을 어느 정도 알고 있을 거라 생각하여 재규를 볼모로 좋은 아이디어를 하나 냈다. 재규에게 종이 한 장과 볼펜을 주면서 네가 아는 학교의 모든 흡연자를 적으라고 했고 술집에 다니는 놈들과 그들에게 영업을 하는 술집 모두를 적으라고 했다. 재규는 겁이 많았다. 그것을 학생과장 선생님은 잘 알고 있었고 그것을 기회로 삼아 불량배들을 모두 뿌리 뽑는 작전을 시행하게 되었다. 어떻게 됐을까? 평소 자기가 친하게 지내고 싶었으나 자신을 무시하고 하대한 모든 불량배 놈들을 모조리 종이에 적었고 흡연자, 음주자, 학생을 상대로 영업하는 술집, 구멍가게 모두를 고발했다. 그런 일이 터진 후, 다음 날 아침 학교 방송실의 앰프가 살며시 켜지더니 학생과장 선생님이 조용히 말을 시작했다.

"다음 호명하는 학생들은 지금 즉시 교무실 옆 상담실로 와주길 바랍니다."

선생님의 목소리는 매우 격앙되어 있었고 왠지 모를 환희와 흥분까지 느껴졌다. 아마 이번 기회를 통해 악의 무리를 모두 소탕할 수 있다는 희망을 가진 것 같았다. 불량배들로부터 시작해서 2등급의 불량배들 그리고 불량배와 일반학생 어딘가에 있는 애들, 흡연자, 음주자, 모조리 불려 나갔다. 단 한 명도 빠짐없이 대대적인 숙청작업에 재규가 큰 공을 세운 거였다. 다들 씩씩거리며 교무실로 걸어갔다. 모두의 모습에는 재규를 살려두지 않으리라는 각오가 보였고 대대적인 숙청작업은 며칠에 이어 시행되었다. 숙청작업이라 함은 수업에 들어가지 못하고 벌을 며칠째 서거나 돌아가면서 매질을 당하는 형식이었는데 그때 치선이 놈은 다짐했다. 같은 하늘 아래 재규 놈을 절대로 살려두지 않으리라고 말이다. 그 뒤로 재규는 며칠간 학교에 나오지 않았고 불량배 놈들을 피해 도망 다니더니 아무도 모르게 다시 전학을 가버렸다. 그리고 큰 뜻을 가지고 시작했던 학생과장 선생님의 숙청은 큰 효과를 거두지 못

했다. 다만 얼마간은 불량배들이 흡연을 하지 않고 음주도 하지 않았다. 나 또한 며칠간 폭력을 경험하지 않았지만 원래대로 되돌아오는 데 그리 긴 시간이 걸리지 않았다. 다만 그 일로 인해 불량배들의 결속력만 더 단단해졌고 그들의 악행은 더욱 음지로 향해 들어갈 뿐이었다. 그놈들이 만든 견고하고 단단한 왕국에서의 하루는 정말 버티기 힘들었고 고통스러웠다. 그놈들이 건설한 세계는 그 무엇으로도 무너지지 않았고 무너질 수도 없었다. 시간이 영원히 멈춘 것 같았다.

자전거를 끌고 시내를 걷다 보니 배가 고팠다. 그리고 나의 하루를 마무리할 수 있는 곳으로 가야 할 시간이기도 했다. 다른 고등학교에 있는 구멍가게였는데 그곳에서는 뜨거운 물과 컵라면 그리고 단무지를 단돈 천 원에 팔았다. 내가 그곳을 좋아했던 이유는 그 장소를 아는 우리 학교 학생은 거의 없었을뿐더러 작은 아날로그 TV가 마련되어 있었기 때문이었다. 언제고 보고 싶은 채널을 볼 수 있었고 아주 오래전에 지어진 작은 건물이긴 했지만 아늑하고 따뜻했다. 주인 내외분은 구멍가게 안쪽에 방 한 칸을 두고 생활하셨는데 미닫이문에 달린 작은 유리창으로 그분들 모습이 보이기도 했다. 꽤 걸어야 했지만 나는 위로의 시간을 갖고자 그곳으로 향했다. 평소 같았으면 자전거를 타고 빨리 갈 수 있었겠지만 형두 놈 때문에 고장나 버린 자전거를 끌고 갈 수밖에 없었다. 그래도 조금만 버티면 허기를 달랠 수 있다는 생각에 구멍가게로 향했다. 다만 단점이 있었다면 다른 학교 학생들의 눈총을 견뎌야 한다는 거였다.

'쟤는 왜 우리 학교 학생도 아니고 우리 학교 교복도 아닌데 여기에 와 있지?'

이런 눈총을 조금은 견뎌야만 했다. 그래도 괜찮았다. 왜냐하면 학교에서 당하는 고통과 눈치에 비하면 그 정도는 아무것도 아니었기 때문이다. 그런 눈총쯤이야 언제든 가볍게 넘기고 컵라면에 집중하며 TV를 시청하면 그만이었다. 자전거를 한적한 곳에 세워놓고 가게로 들어갔다. 아쉽게도 그곳 고등학교 학생이 몇 있었지만 다행히 별로 눈치를 주는 상황은 아니었고 한참 유행이던, TV 드라마의 시작을 기다리고 있었다. 참으로 따뜻하고 아늑했다. 교실에서 느끼던 긴장감의 공기는 오간 데 없었고 오래된 건물에서 느껴지는 구수한 향기만이 나를 위로했다.

"컵라면 큰 거 하나요!"

자신 있게 물건을 주문하고 값을 지불했다. 아무 탈 없이 천 원짜리를 지켜낸 것이 뿌듯했다. 양아치 같은 형두 놈이 갖은 핑계를 대고 빼앗을 수도 있었지만 다행히 주께서 은총을 베푸시어 지폐

한 장을 지킬 수 있었다. 라면 비닐을 뜯고 수프를 쏟아부었다. 그리고는 급탕기로 가서 뜨거운 물을 컵에 부었다. 컵에서 느껴지는 따뜻한 물의 온기가 나의 마음을 달래 주었다. 그리고 조그만 접시에 단무지를 덜었다. 그 집은 단무지 맛이 일품이었기 때문에 제법 많은 양을 접시 위로 올렸다. 주인아저씨 눈치가 보였지만 말이다. 이제 자리를 잡고 앉아서 라면이 익기만을 기다리면 됐다. 그리고 좋아하는 드라마를 시청하면 더할 수 없는 기쁨이 시작되는 것이었다. 라면에 뜨거운 물을 붓고 꽤나 오랜 시간을 기다린다. 그러면 면이 익을 뿐 아니라 불어서 더 많은 양의 라면을 섭취할 수가 있었다. 드라마가 시작되면 그 속으로 몰입한다. 그러다가 라면 먹는 타이밍을 놓치면 그제야 얼른 뚜껑을 뜯어 내고 허겁지겁 먹는다. 뱃속에 온기가 채워지니 마음까지 따뜻해진다. 그리고 드라마에 나오는 멋진 영웅이 악당들을 주먹 대 주먹으로 물리치는 모습을 보며 비록 다른 고등학교 학생들이었지만 우리들은 하나가 되어 영웅들을 응원한다. 소속감이 느껴졌다. 모르는 사이지만 적어도 드라마가 나오는 1시간 동안은 소속감을 느낄 수 있었다. 라면도 단무지와 함께 씹으며 하루의 슬픔을 날려 버린다. 면을 다 건져 먹고 국물을 전부 마시는 것도 잊어서는 안 된다. 천 원씩이나 주고 샀으니 남김이 없어야 한다. 드라마가 중반을 넘어서기 시작하면 다시 지옥 같은 내일이 곧 다가온다는 생각에 두렵지만 그럴수록 얼른 드라마 속으로 몰입해 버린다. 이윽고 드라마가 다 끝나고 라면 취식도 모두 끝난다. 아쉽지만 그래도 오늘의 나를 위로할 수 있었고 내일을 살아갈 힘을 얻었다는 생각에 구멍가게에 온 보람이 조금은 생긴다. 주인아저씨에게 인사를 하고 가게를 나와 자전거를 끌고 다시 먼 길을 걷기 시작한다. 고장나 버린 자전거만 아니면 금세 도착할 집이었지만 30분 이상을 걸어야 한다 생각하니 마음이 무거웠다. 그렇지만 라면으로 배도 채우고 드라마로 마음도 채웠으니 든든하다. 30분쯤 걷는 거야 아무런 문제가 되지 않는다. 다만, 내일 아침에도 자전거를 타지 못하고 좀 더 일찍 일어나 걸어야 한다는 생각에 부담이 컸다. 강박증세가 발현하면 중간중간 길에서 또 기도를 해야 하는데 내일도 지각은 따 놓은 당상이나 마찬가지였고 내일의 학교에서도 여전히 불량배 놈들은 기세등등할 게 뻔했기에 조금이지만 불편한 것은 사실이었다. 노래를 불러본다.

"일송정 푸른 솔은 늙어 늙어 갔어도 한줄기 해란강은 천년 두고 흐른다. 지난날 강가에서 말달리던 선구자…."

음악 시간에 배운 노래였는데 이 노래를 부르면 언젠가는 이 지옥 같은 날들이 끝날 것 같다는 희망을 주곤 했다. 아무도 없는 거리에서 소리 높여 노래를 불렀다. 내가 자유가 되는 날이 올지 안 올지 모르지만 내가 할 수 있는 건 이 노래에 희망을 담는 것뿐이었다. 어두운 거리를 터덜터덜 걷다 보니 어느새 집에 도착했다. 감사하게도 돌아오면서 하나님을 욕하거나 원망하는 생각은 차오르지 않아서 주저앉아 기도할 일은 없었다. TV의 불빛이 아른거리는 안방이 보였다. 나는 자전거를 외양간이었던 창고 앞에 세워두고 조용히 집으로 들어갔다. 거실이라 부르기도 하고 마루라 부르기도 하는 공간에 전기장판을 틀고 누워 있던 외할머니는 나의 인기척에 몸을 일으키신다.

"왔니?"

졸음이 가득한 평안한 말투로 물으신다.

"네."

"저녁은?"

"먹었어요."

"아까! 집에 안 왔잖아?"

"친구들하고 잘 해결했어요."

"그래! 밥은 절대 굶고 다녀서는 안 된다."

"네."

외할아버지는 뉴스를 틀어놓으신 채 잠이 드셨고 나는 조용히 TV로 다가가서 전원을 껐다. 내가 유년 시절에 외할아버지는 누가 덤벼들면 주먹을 쥐고 턱을 아래서 위로 올려 치면 나가떨어진 다고 말씀하셨다. 소위 권투선수들이 쓰는 '어퍼컷' 말이다. 언제고 싸울 때 그 기술을 쓰면 지는 일은 없을 거라며 신신당부하셨다. 하지만 나는 그 기술을 써 본 적이 한 번도 없다.

"요즘 학교에서 별일 없지?"

외할머니가 조용히 물으셨다.

"네 없어요."

불이 꺼진 어둠 속에서 쓴웃음을 지으며 많은 생각이 들었지만 아무 일도 없다고 안심시켜 드렸다. 가방을 내려놓고 체육복으로 갈아입은 뒤, 연탄보일러가 있는 집 뒤쪽으로 간다. 연탄보일러와 연결된 파란색 큰 물통에서 더운물을 퍼서 대야에 담아 세수를 하

고 발을 씻는다. 쌀쌀한 바깥 공기를 맞으며 씻는 것도 나쁘지는
않다. 불과 몇 년 전까지만 해도 외할아버지가 산에서 나무를 해
오셔서 아궁이에 불을 때곤 했는데 이제는 기름보일러는 아니지
만 연탄보일러를 사용한 후, 언제고 따뜻한 물을 사용할 수 있다는
것이 참 감사했다. 세면을 마치고 두꺼운 이불이 깔려 있는 안방
안으로 들어왔다. 방바닥은 미지근했지만 엉덩이를 대니 그래도
온기가 제법 느껴져 몸과 마음이 녹는다. 내일의 수업을 위해 준비
할 것은 따로 없다. 내일도 없는 책은 빌리면 되는 것이고 볼펜 같
은 것은 마련해봤자 전부 훔쳐 가니 샤프펜슬 하나면 충분했다. 그
나마 천 원짜리 샤프펜슬도 사면 3주가 채 지나기도 전에 훔쳐 가
거나 아니면 샤프펜슬을 주머니에 꽂아서 고정시키는 스테인리스
조각만을 훔쳐 가기도 했다. 이유는 변태적인 성향 때문인지 샤프
펜슬에 그것을 연속으로 더덕더덕 붙이는 놈들이 있었기 때문이
다. 학교에는 도둑이 너무 많았다.

'빌어먹을 놈들!'

불을 끄고 이불 위에 누웠다. 라디오를 좀 들을까? 하다가 방에
있는 작은 TV를 켜고 유선방송에서 해주는 재방송 프로그램을 시
청한다. 각 고등학교를 찾아다니며 학생들의 자유분방함을 그리고
순수함을 보여주는 프로그램이었는데 그 안에 학생들은 모두 친

해 보였고 행복해 보였다. 웃음이 가득했다. 거긴 따돌림도 폭력도 없었고 도둑질도 없었다. 마음에 있는 하고 싶은 말을 옥상에서 마음껏 쏟아내며 선생님들에게 하고 싶었던 이야기를 자유롭게 하기도 했다. 그곳에는 내가 얻지 못한 행복이 가득했다. 상상을 해봤다. 나도 TV에 나오는 학교에 다니는 상상 말이다. 그곳의 일원으로 두려움과 불안 없이 하루하루를 산다면 따스함만이 나의 친구가 된다면 나는 아마 강박 증세와 그것을 상쇄하기 위한 행동에 시달리지 않을 것이었다. TV를 보면서 오늘 당했던 고난의 사건들을 잠시 잊어본다. 참 달콤하다. 상상의 세계가 주는 안정감이 참으로 달콤하다. 오늘도 난 늦잠을 잘 것 같다.

프로그램이 끝나고 TV를 껐다. 외할머니는 거실에서 들어오셔서 옆으로 누우셨고 외할아버지는 구석 쪽에 늘 그렇듯 자리를 잡고 주무신다. TV를 끄니 안방 안이 어둡고 고요하다. 외조부모님의 숨소리가 평화롭게 들린다. 오늘도 하루를 살았다. 운이 좋아 공짜로 저녁을 얻어먹을 수 있었고 좀 얻어터지긴 했지만 피가 나거나 뼈가 다친 것은 아니니 그냥 그것도 복이라고 생각하면 그만이다. 외풍은 여전히 차가운 관계로 코가 시려서 두껍고 무거운 이불을 끌어 올려 얼굴까지 덮는다. 그러면 얼굴 주위도 따뜻해진다. 내일도 오늘과 다를 건 전혀 없을 테고 나는 여러 불행 중 희박하게나마 행운을 경험할지도 모른다. 오늘의 공짜 저녁처럼 말이다.

1994년 3월부터 1999년 오늘에 이르기까지 주말을 제외하고는 불량배들로부터 얻어터지지 않은 날이 없다. 환경이 바뀌면 새로운 불량배들을 만났고 오래된 불량배들은 여전히 내 곁에서 날 착취하고 때렸다. 이런 날들이 끝날 날이 오기를 기다려 봤지만 시간은 더디게만 흘러간다. 고문을 당한 손가락이 욱신거린다.

'올해만 참자… 그러면 스무 살이니 끝이 올지도 모른다. 근데 진짜 이런 날들이 끝이 올까? 실감이 안 난다.'

잠이 든다. 그렇게 고통스러운 오늘 하루도 지나갔다.

끝

2

참회록

마크(Mark)에게서는 늘 구슬이 짤랑거리는 소리가 났다. 마크에게서 구슬이 짤랑거리는 소리가 났던 이유는 많은 구슬을 가지고 다녔기 때문이었다. 마크는 구슬치기로 그 구슬들을 획득한 것이 아니었다. 그는 구슬치기를 같이할 친구들이 없었다. 마크는 스스로 만족감을 얻기 위해 동전을 모아 구슬을 잔뜩 사서 그것들을 주머니에 넣고 흡족한 모습으로 다녔다. 마크의 몸에서는 늘 썩는 냄새가 났다. 썩는 냄새뿐 아니라 말투도 어눌했고 초등학교 고학년이 구사하는 언어를 구사하지도 못했다. 한글을 제대로 습득하지도 못했고 늘 지진아들이 모여 있는 특수반에서 한글을 익히기에도 온갖 노력이 필요했던 아이로 기억된다. 아이들은 그런 마크를 눈엣가시처럼 여겼다. 그냥 마크가 싫었던 거다. 마크의 냄새도 싫었고 친구가 없어서 슬픔이 많은 심정을 구슬이 짤랑거리는 소리로 달래려는 마크의 그 순박한 마음마저도 싫어했다. 그래서 늘 마크를 괴롭히고 때렸다. 아이들이 마크를 못살게 굴 때면 마크는 과격한 욕을 하며 소리를 지르거나 침을 손에 발라 상대 아이들 얼굴에 문질러 주었다. 그것이 마크가 할 수 있는 저항의 전부였다. 그런 저항을 한 번 하고 나면 더욱더 큰 고통이 마크를 맞이했다.

어린 나이에 그렇게 슬픈 삶을 이어가던 마크가 나도 싫었다. 사람들로부터 존중받지 못하는 마크의 모습에서 나의 모습을 보았기 때문이었다. 나도 때로는 마크를 때리고 욕했다. 그러면 속이 좀 시원해지는 것 같았다. 그러던 어느 날 그런대로 순탄하던 나의 어린 삶의 여정에 느닷없이 장애물이 등장했다. 바로 마크가 내가 다니던 교회의 주일학교에 출석하기 시작한 거였다. 당시 주일학교에서는 부모의 사랑이 많이 부족해 보이던 내가 주일학교 선생님들의 사랑을 독차지했지만 마크가 온 뒤로는 부모의 사랑이 더 핍절한 마크가 그 사랑을 독차지했다. 주일학교 선생님들은 언제고 냄새나는 마크의 몸을 예수님의 사랑으로 끌어안았고 때가 얼룩지고 손톱에 검은 때가 잔뜩 낀 마크의 손을 어루만졌다. 어렸던 나는 질투로 온몸이 불타올랐다. 흡사 에스메랄다를 보며 욕정에 불타오르는 프롤로 주교처럼 마음에 분노가 불타오르며 언제고 학교에서 마크를 보면 더욱 욕을 했고 더욱 때려주었다. 마크는 분을 참지 못해 저항했지만 그때뿐이었다. 그리고 이상하게도 교회에서 나의 못된 기행을 선생님들에게 일러줄 만한데 그렇지 않았다. 늘 주일학교 선생님들 품 안에서 평온한 눈빛을 보일 뿐이었다. 나는 마크의 그 평안을 빼앗고 짓밟고 싶었다. 그래야 내가 선생님들 품 안에 있을 수 있을 것 같았다. 어렸던 나는 선생님들의 사랑을 독차지하고 싶었다. 그런 나에게 마크는 큰 장애물이요 짓밟아야 할 벌레와도 같았다.

주일학교의 학생이던 우리 반 아이들은 다들 형편이 넉넉하지 못했다. 늘 배고팠고 진기한 음식들을 간식으로 주던 교회가 너무 좋았다. 예수님의 사랑이야 저 뒤로하고도 우리를 만족하게 하는 것은 참 많았다. 그중에서도 늘 고급으로 나오던 교회 간식은 부모의 사랑을 충분히 받지 못했던 나에게 늘 만족감을 주기에 충분했다. 난 마크가 그 간식을 같이 먹는 것이 치가 떨리게 싫었다.

'왜 마크 같은 아이가 나랑 똑같은 간식을 먹어야 하지? 마크에게 이 간식은 너무 과분해!'

라는 것이 어린 나의 생각이었다. 더욱더 화가 났던 것은 선생님들은 언제고 마크에게 간식을 곱절로 챙겨주곤 했다. 마크만 아니었다면 그 간식은 분명 나에게 돌아왔으리라! 나는 마크가 교회에서 말하던 사탄보다 더 사악해 보였다. 그의 멍청한 웃음이 사악해 보였고 그의 냄새와 더러운 차림새가 사악해 보였다. 파괴하고 싶었고 참을 수 없는 고통을 주고 싶었다.

그러던 어느 주일날, 우리 반 선생님이 아파서 교회를 올 수 없었다는 소식을 듣게 됐다. 머리를 모은 우리 반 아이들은 다 같이 선생님 집을 문병 차원에서 방문하기로 했다. 그런데 우리 근처에서 서성이던 마크도 우리 무리에 끼어들려 하는 것 같았다. 우리 반 아이들 모두는 마크를 따돌려보려고 갖은 애를 썼다. 그렇지만 마크는 찰거머리처럼 달라붙어 떨어질 생각을 하지 않았다. 우리가 만약 선생님 집에 방문한다면 선생님은 우리를 맞으며 간식을 줄 것이고 마크도 그걸 먹게 될 터인데 그 모습을 나와 우리 반 아이들은 참을 수 없었다. 반 아이들은 마크를 따돌린 채 뛰기 시작했다. 그러자 마크도 우리를 향해 따라 뛰기 시작했다. 마크의 달리기는 무척이나 느렸다. 그렇지만 마크는 포기하지 않고 죽을힘을 다해 우리와 같은 방향으로 뛰고 뛰었다. 마크가 한 걸음씩 뗄 적마다 짤랑거리는 소리가 났다. 구슬 소리였다. 주머니에서 그 구슬이 빠질까 봐 마크는 주머니를 부여잡고 불편하게 뛰고 또 뛰었다. 나는 어리석은 영웅심에 반 아이들을 먼저 보낼 생각을 했다. 걸음을 돌려 마크에게로 다가갔다. 마크를 더 이상 달리지 못하게 하려고 붙잡고 있을 셈이었다. 마크에게로 성큼성큼 다가가자 마크가 애절한 눈빛으로 나를 바라보기 시작했다. 그러더니 주머니에서 많은 양의 구슬을 꺼내 나에게로 내밀며 말했다.

"나도 가게 해줘! 이 구슬 줄게!"

나는 마크에게서 그 구슬을 넘겨받은 뒤 그대로 길바닥에 구슬을 뿌리고 뒤돌아서 아이들을 향해 달아났다. 마크는 그 자리에 서서 나와 길에 뿌려진 구슬을 번갈아 바라보더니 구슬을 주우려다가 그것들을 포기하고 다시 우리를 향해 뛰었다. 이제 와서 생각해 보건대 마크가 원했던 것은 아마 간식이 아니었을 거다. 어린아이가 몸부림치고 거절해도 뜨거운 인두로 생살을 지지면 생기는 낙인처럼 고통스러운 외로움을 잊고자 교회로 왔을 것이고 우리 반 아이들이 있는 곳으로 왔을 것이고 선생님 품으로 왔을 것이다. 그날 난 그런 마크의 유리구슬 같은 애절한 마음을 길거리에 버린 것이다. 그런 악을 11살의 내가 저질렀다. 구슬과 우리를 번갈아 보며 어떤 걸 포기할지 갈등하던 11살의 마크의 모습이 떠오른다. 그날 나는 마크 인생에 씻을 수 없는 고통을 주었다. 결국 선생님 집에 우리 모두는 도착했지만 선생님이 너무 아파서 우리는 선생님 집에 갈 수도 없었고 간식을 얻어먹을 수도 없었다. 그렇게 우리 반 아이들은 선생님의 집 앞에서 뿔뿔이 흩어졌다. 마크도 걸음을 돌려 왔던 길을 돌아갔다. 어렸던 나는 내심 바랐다. 마크가 구슬이 뿌려진 곳으로 얼른 돌아가서 그 구슬을 주머니 속으로 다시 주워 담길 말이다.

그날이 지난 후 나는 점점 어른이 되어 갔다. 삶에서 나 또한 생살을 인두로 지지는 듯한 고통을 많이 겪었다. 그럴 때마다 표현은

하지 않았지만 마음속 깊은 곳에서 전능자를 향한 원망과 분노가 많이 일었다. 그렇지만 그날의 사건을 생각하면 마크에게 주었던 삶의 고통을 돌려받는다고 생각하니 전능자 앞에서 숙연해질 따름일뿐더러 나의 고통이 당연하다고까지 여겨졌다. 시간을 돌리고 싶다. 그리고 오늘은 마크에게 참회하고 싶다. 참회를 한 뒤 마크에게 말하고 싶다.

"마크! 달려 봐! 짤랑거리는 구슬 소리 좀 들어보게!"

오늘, 유난히 마크의 짤랑거리는 구슬 소리가 듣고 싶다.

3

나머지 공부

1988년, 그러니까 국민학교 1학년 때 기억이다. 이름 대신 더 많이 불리던 호칭이 있었다.

'나머지.'

"선생님이 나머지들 다음 주부터 시작한다고 도시락 싸 가지고 오래!"

반장 아이의 그 선언은 8살의 나에게는 극형을 알리는 선고와도 같았다. 나는 한글을 제대로 알기까지 꽤나 오랜 시간이 걸렸다. 한글도 헤매는데 산수라고 제대로 알았을까? 역시 헤맸다. 그러니 지진아라는 낙인은 나에게 당연한 것이었다. 그런 지진아들을 위해 방과 후 학습이 바로 나머지 공부였다. 지진아로 알려지는 것도 싫은데 집까지 늦게 가야 했다. 친구들이 다 집에 가고 몇 명이 교실에 남아 오후를 맞이해야 했다. 친구들이 떠난 뒤 교실에 있는 시간은 매우 길게 느껴졌고 또한 외로웠다. 그리고 스스로에 대한 자존감이 매우 낮게 인식되는 시간이었다.

'난 무리에서 뒤떨어진 낙오자구나!'

어린 나이에 그 정체성은 감당하기 힘들었다. 노년의 담임선생은 무서웠다. 우리가 잘 알아듣지 못하거나 산수 문제를 틀리면 굵은 나무로 사정없이 아이들의 고사리손을 내리쳤으니 말이다. 이제와 생각해 보지만 폭력으로 인한 동기부여는 전혀 공부에 도움이 되지 않았다. 어느 날은 나머지 공부를 하면서 주위를 둘러보았다. 아이들 행색이 전부 나와 비슷했다. 콧물을 흘리고 있었고 옷은 며칠이 지나도 그대로였으며 머리는 감지 않았다. 그런 아이들 몇 명이 방과 후 남아 늙은 선생이 설명하는 무언가를 계속 들어야 했다.

그때부터였던 것 같다. 공부라는 것이 마음의 힘을 굉장히 소진해야 하는 것이며 자칫 잘못하면 낙오자가 된다는 인식이 심긴 것 말이다. 그 뒤로 더 큰 학생이 되고 나서도 수학 문제를 풀 때마다 왠지 모를 압박 같은 걸 느꼈으니 말이다. '내가 이 문제를 풀지 못하면 저 선생은 나에게 큰 고통을 줄 거야…'라는 식의 생각이었다.

어떻게든 나머지 공부를 마치고 집으로 돌아가는 길은 참 멀었다. 가방은 무거웠고 어깨는 아팠으며 가방 안에서는 도시락에서 흘러나온 김칫국물 냄새가 나기도 했다. 많이 기울어진 태양 때문에 그림자는 길었다. 그래서 불어오는 바람도 무겁게 느껴졌다. 그런 생각을 해본다. 고사리손을 굵은 몽둥이로 내려치기보다 노년의 선생이 우릴 격려해 줬더라면… 산수 문제쯤이야 틀리더라도 손바닥 아플 일은 없다고 그랬다면… 적어도 나 스스로는 그때의 나에게 '모자란 녀석'이라는 정체성을 스스로 부여하지 않았을 것이다. 더 자라면서도 학습이라는 것을 마주할 때 긴장부터 하곤 했다. 이것들로 내 정체성의 우열이 가려지며 내가 어떤 애인지 판가름 난다는 사실이 더 두렵게 했던 것 같다.

오늘 내 마음속 8살의 나는 그 늙은 선생에게 소리친다.

"내가 아무리 산수 문제를 못 풀더라도 당신이 내 고사리 같은 손바닥을 내려칠 권리 따윈 없어요!"

1988년 속 시간을 헤집고 들어가 손바닥이 아파 울고 싶지만 분하고 억울한 마음에 더욱 울지 못하는 나를 만나고 싶다. 그리고 통통 부어오른 고사리 손바닥을 만져 주며

"아프지? 근데 넌 손바닥을 맞을 만한 잘못을 전혀 하지 않았어! 산수 문제? 못 풀어도 돼."라고 말해 주고 싶다. 그럴 순 없지만….

오늘따라 유난히 보들보들한 내 손바닥이 밉다.

4

마지막 보이스카우트

소년은 보이스카우트가 되고 싶었다. 초등학교 4학년이 되면 아이들은 보이스카우트에 가입할 수 있는 자격이 주어졌다. 그래서 많은 아이들이 4학년이 되기만 하면 보이스카우트를 하겠노라며 학수고대하면서 그 시간을 기다리곤 했다. 아이들 눈에는 멋지게 보이스카우트 복장을 차려입은 고학년 형들은 '어른' 그 자체였다. 소년은 아마도 그때 일종의 근사한 소년만의 조직을 원했는지도 모른다. 철없고 그다지 볼품없던 소년의 일상에 큰 자신감을 불어넣어 줄 그 어떤 무엇인가를 간절히 원했던 것 말이다. 하지만 소년의 집에는 돈이 없었다. 가까스로 가정을 꾸릴 한 달 돈이 전부였기에 (어쩌면 그마저도 모자란) 거기서 소년이 보이스카우트가 된다는 건 불가능한 일이었다.

주말이 되면 그 아이들은 어디론가 훌쩍 떠나곤 했다. 다들 근사하게 보이스카우트 복장을 차려입고 관광버스에 올라타고 우리나라 곳곳을 찾아다니며 다 같이 어울려 캠핑 같은 걸 하곤 했다. 물론 그 가운데는 '걸스카우트'라 불리는 예쁘고 고운 여자아이들도 끼어 있었다. 그 사실이 소년의 가슴을 더 애타게 했다. 주말에 소년을 맞이해 준 것은 해외 만화 시리즈나 저녁에 볼 법한 코미디 프로그램이 전부였다. 소년은 그것들을 시청하면서도 항상 자신이 있는 곳과 다른 그 어딘가를 항상 꿈꾸곤 했다. 하지만 간절히 꿈꾸고 바라던 그것은 절대로 그리고 매정하리만큼 소년에게 와 주지 않았다. 표현할 수 없는 절망감과 그리고 표현해서도 안 되는 슬픔이 소년의 마음에 가득했다. 하지만 더 애석했던 건 그걸 표현해서는 안 된다는 것이었다. 아마도 그 애석함을 부모가 알게 되는 날에는 소년이 가진 애석함보다 몇 곱절은 더 큰 애석함을 부모의 가슴에 심어야 했기 때문이었다.

4학년이 되면서 소년은 목적을 갖기 시작했다. 보이스카우트를 하는 녀석과 반드시 친한 친구가 되리라는 거였다. 그 목적은 아주 음흉했고 강렬했으며 또한 원대했다. 다행히도 소년이 한 목표물을 설정하고 그 보이스카우트 대원에게 접근했을 때 그 보이스카우트 대원은 가난했던 소년을 싫어하지 않았다. 소년은 웃기지 않은 성격임에도 불구하고 수시로 대원 아이의 기분을 맞추며 웃기려 애썼다. 간절했다. 그 대원 아이의 마음을 얻는 것 말이다. 그리고 노력하는 것에 비례하지 않아도 선량했던 그 대원 아이의 마음을 쉽게 얻을 수 있었다. 소년이 그 아이에게 접근해서 원했던 것은 보이스카우트에 대한 소식들이었다. 이번 주말에는 어디로 떠나며 가서는 뭘 하는지 캠핑을 할 적에는 텐트 안에서 몇 명이 같이 자는지에 대한 것들이 궁금해 미칠 지경이었다. 상상의 나래를 마음껏 펼쳐 소년 또한 그곳에 있는 듯 느껴지도록 스스로를 다그쳤다.

소년은 언젠가부터 월요일이 오기만을 간절히 기다렸다. 월요일 아침에 학교로 향하는 발걸음은 그렇게 가벼울 수 없었다. 교실에 다급하게 들어서면 황급히 그 대원 아이부터 찾았다. 그리고는 대원 아이로부터 주말에는 어디로 갔었는지 뭘 했는지 어떤 음식을 먹었는지를 캐물어 보며 소년 자신의 마음을 흡족하게 했다. 가끔 걸스카우트였던 옆 반의 좋아하는 여자아이 소식이라도 들으면 소년은 그 여자아이와 한 공간에 있었던 것처럼 설레곤 했다. 그렇게라도 소년은 자신의 강렬한 욕망을 채우고 채웠다. 그 이야기로 차츰 자신을 채워갈 때쯤 소년 안에 있던 자존감도 점점 높아지기 시작했다. 자신이 정식 보이스카우트 대원이라도 된 것마냥 착각이란 것이 소년의 마음을 지배하기 시작했다.

"안성탕면 하나 사서 같이 부셔 먹을까?"

어느 날 길을 걷던 소년이 무언가 각오한 듯 그 대원 아이에게 물었다. 그날은 햇빛이 곱게 드리운 가을 오후였다. 같은 반 아이들은 주변에 없었고 소년은 자신의 계산적인 행동을 드러내 보이기 충분한 타이밍이었다.

"라면? 부서 먹자고? 돈 있어? 난 없는데….”

소년의 말을 들은 대원 아이가 되물었다. 그때 소년의 주머니 안에는 쓰지 않고 절실하게 모아둔 200원이 있었고 그 돈으로 두 봉지의 안성탕면을 살 수 있었다. 자신의 계산이 점점 들어맞아 가는 걸 느낀 소년이었다.

"응! 200원!”

소년의 목소리에서는 자신감이 넘쳤다.

"200원이면 두 봉지 사자고? 한 봉지만 사서 나눠 먹자!”

대원 아이가 기대감을 감추지 못한 채 제안했다.

"한 봉지만 사면 아쉬우니까 두 봉지 사서 하나는 지금 먹고 하나는 너희 집에 가서 놀다 먹자?”

"우리 집?"

"그래! 너희 집!"

예상하지 못했던 대답을 들었던 대원 아이였지만 뜻밖의 수확에 소년의 제안을 거절하지는 않았다. 고개를 끄덕이자 소년이 슈퍼로 달려 들어가 안성탕면 두 봉지를 사 왔고 둘은 한 봉지를 부셔 분말가루를 뿌리고 햇살 아래 걸으며 사이좋게 나누어 먹었다. 라면 한 봉지를 다 나누어 먹을 때쯤 대원 아이의 집에 도착했다. 아이의 집은 소박하지만 멋들어진 단독 주택이었다. 좁았지만 잔디도 있었다. 아이의 집에는 아무도 없었다. 소년은 안심했다. 소년의 계산에 의하면 그 집에는 어른들이 없어야만 했다. 소년은 집에 도착해서 보이스카우트를 하려면 돈이 얼마나 드는지를 물었다. 그동안 물어왔던 이야기가 경험에 관한 것이라면 그날 그 집에서 물었던 이야기는 소년이 직접적으로 체감해야만 하는 비용에 대한 내용이었다. 대원 아이의 말을 들으며 소년은 그동안의 착각이 조금씩 씻겨 내려갔다. 소년의 형편으로는 어림도 없는 이야기였기 때문이었다. 복장이며 달에 내는 회비 같은 것들 말이다. 비참했지만 소년은 그래도 아이로부터 전해 들은 그 이야기마저 가슴에서 버릴 수 없었다. 그리고 그날 집에 온 목적을 용기 내어 아이에게 말하기 시작했다.

"물어볼 게 또 있는데… 6학년 때까지 보이스카우트 하면 몸이 커질 텐데 그때는 옷을 또 사나?"

간절했던 소년은 과감하게 용기를 내어 아이에게 물었다.

"아마도 그렇겠지?"

손에 묻어 있던 분말을 핥아먹던 아이가 대답했다. 그리고 그 대답을 들은 소년이 더욱 큰 용기를 과감하게 내어 아이에게 물었다.

"나… 한 번만 입어 봐도 되냐? 그 보이스카우트 복장 말이야! 나는 매일 너한테 듣기만 했지 입어 보지는 않았으니까… 그리고 오늘 내가 라면도 샀으니까 한 번만 입어보면 안 되냐?"

난감해할 줄 알았던 대원 아이가 밝게 웃더니 자기 방문을 열고 옷장으로 갔다. 그 찰나 소년은 대원 아이에게 스스로의 방이 있다는 것이 매우 신기하게 느껴졌다. 소년이 지내는 삶의 공간은 다수의 영역이었지 개인의 영역은 없었기 때문이었다. 하지만 그 순간 그런 마음을 느끼는 것보다 더 중요한 것은 곧 대원 아이가 꺼내올 보이스카우트 복장이었다. 곧 그 아이 손에 들려서 밝고 빛나는 그 옷이 거실로 나왔다.

"별거 없어! 그리고 이 옷 입으면 피부가 따가워!"

불평하듯 대원 아이가 말했다. 옷이 거실 바닥에 놓이자 소년은 한동안 그 옷을 바라보았다. 그리고는 떨리는 손으로 그 옷들의 감촉을 느꼈다. 까칠까칠했지만 소년의 마음을 흥분하게 만들기에는 충분했다. 이내 자신의 허름한 겉옷을 벗고 보이스카우트 바지를 입고 양말을 신었으며 윗옷을 입었다. 어깻죽지에 날개를 다는 기분이 소년의 마음으로 파고들었다. 윗옷을 걸쳤을 때 거울에 비친 자신의 모습을 유심히 바라보았다. 제법 멋있었다. 근사했고 준수했다. 모자를 집어 들어 머리에 쓰고 마지막으로 제일 중요한 것은 노란색 손수건 같은 걸 돌돌 말아서 어깨로 둘러 목으로 감싸서 밴드 같은 것으로 조이는 거였다. 이내 완성된 복장을 착용한 자신의 모습이 거울을 통해 보였다. 행복이라는 말이 어울렸을 것이다. 소년은 행복했다. 소년이 거울을 한참 뚫어져라 볼 때쯤 대원 아이가 물었다.

"라면 이거 하나 더 먹으면 안 되냐?"

"……"

거울에 빠져있던 소년은 대답할 수 없었다.

"안성탕면 안 먹어? 우리 집 오면 먹자면서?"

대원 아이가 다시 물었다. 갑자기 소년은 거울에서 고개를 돌려 대원 아이를 쳐다보았다.

"너 혼자 다 먹어! 난 배가 부르다."

소년은 흡족한 미소를 띠며 아이에게 말했다. 그리고 진짜로 소년은 배가 불렀다. 라면 때문인지 아니면 복장 때문인지 몰랐지만 큰 포만감이 소년을 사로잡았다. 그 포만감은 너무나 달콤했다. 그리고는 그 옷을 입고 집안 이곳저곳을 걸어 다니며 소년은 자신이 그 집안의 일원인 양 그 기분을 한껏 즐기기 시작했다. 그 역시 행복했다. 대원 아이가 야무지게 먹고 있는 안성탕면이 눈에 들어올 이유가 없었다. 자신은 이미 그 순간 정식 보이스카우트 대원과도 같은 신분이었기 때문이었다. 그리고 소년은 그 감정을 마음에 담고 또 담았다. '이 정도면 잊지 못하겠지'라는 마음이 들 때까지 그 기분을 마음에 담았다.

그리고 옷을 다시 벗어 아이에게 반납하고 허름한 자신의 옷을 입고 집으로 돌아오는 시간이 왔을 때 소년은 생각했다. 그동안 들었던 무용담과 근사한 복장을 착용했던 자신의 모습을 결합시키며 마음속으로 생각했던 것이다. 불어오는 가을바람이 소년의 두 뺨을 어루만질 때쯤 소년은 마음의 입으로 말했다.

'내가 마지막 보이스카우트다!'

5

외할아버지는 한량

외할아버지는 한량이었다. 하루에 세 차례 막걸리를 마셨고 막걸리가 떨어지면 곧장 자전거에 바람을 넣고 동네 구멍가게로 향했다. 외할아버지는 말수가 적었다. 아침에 일어나 은빛 대야에 따뜻한 물을 받아 세수를 했고 아직 따뜻한 기운이 남아있는 물로 면도를 했다. 아이는 그 외할아버지의 모습이 퍽이나 멋있다고 여겼다. 아직은 수염이 없어 면도를 못 했던 아이는 어른의 면도라는 그 모습이 근사하다고 여겼었다. 아이는 생각했다. 아이도 얼른 자라서 외할아버지처럼 비누로 거품을 내서 얼굴에 발라 거울을 보며 면도를 하고 싶다고 말이다. 아이의 얼굴에는 아직 솜털조차 제대로 없었다. 외할아버지는 그렇게 세면을 하고 면도를 한 뒤 마지막으로 꼭 하는 게 있었다. 틀니를 꺼내어 닦았다. 아직 유치가 남아 흔들흔들하던 아이는 그렇게 가지런하고 정교한 이를 빼다가 닦은 후 다시 끼워 넣는 모습이 여간 근사할 수 없었다. 가끔 막걸리가 다 떨어져 자전거를 타기 귀찮을 적에 외할아버지는 지퍼가 달린 허름한 동전 지갑에서 백 원짜리 동전을 꺼내어 주며 심부름을 시키곤 했다. 백 원은 심부름에 대한 대가였고 물론 막걸리를 사는 값은 따로 주어졌다. 아이는 그러면 온 힘을 다해 구멍가게로 내달렸다. 막걸리를 산 뒤 또한 자신의 기호에 맞는 과자를 골랐다. 그렇게 한 손에는 막걸리 그리고 한 손에는 과자를 들고 풍성한 마음으로 다시 집으로 달렸다.

한량이었던 외할아버지에게 노동이라고 여겨지는 한 가지 일이 있었다. 바로 텃밭을 가꾸는 일이었다. 햇빛이 잘 드는 봄이면 외할아버지는 텃밭을 일궜다. 아이도 외할아버지를 따라 나가 텃밭을 일구는 그를 지켜보곤 했다. 한 번은 쇠스랑이 신기해서 자기 몸집보다 큰 그것을 가지고 장난을 친 아이는 그만 자기 발등을 내려치고 말았다. 아이는 비명을 내지르며 울었고 그때 외할아버지가 다가와 쪼그려 앉아서 아이의 신발을 벗겨내고 아이의 발등을 입으로 불며 손으로 재차 문질렀다. 노인의 손이 참 따뜻할 수 있다고 느낀 건 그때였다. 노인의 손이 포근하고 정말 따뜻했다. 그래서 그 온기가 아이의 울음을 그치도록 몸을 싸고돌았다.

평소 평화롭던 아이와 외할아버지가 마찰을 빚는 일은 한 가지 경우였다. 집에 한 대밖에 없던 흑백 TV를 가지고서 다투는 일 때문이었다. 외할아버지는 보기와는 다르게 뉴스를 반드시 챙겨보았고 아이는 반드시 만화를 챙겨 보려 했다. 평소 지성인이고 싶었던 외할아버지는 하루에 방영되는 모든 뉴스를 보아야 했기에 아이에게 만화를 양보하는 일은 없었다. 때로는 아이가 외할아버지의 몸을 붙잡고 늘어지며 만화를 보고자 악을 써 봤지만 소용이 없었다. 온몸을 제압당한 아이는 결국 건넌방으로 넘어가 분한 마음을 삭이며 울어야 했다. 뉴스 시청을 마치고 마주한 외할아버지는 묘한 승리의 웃음을 아이에게 보여 주곤 했다.

막걸리가 외할아버지를 기분 좋게 만들면 자주는 아니지만 한국 전쟁의 무용담을 이야기해줬다. 아이가 흥미롭게 몇 번이고 들었던 이야기는 인해전술에 맞서 전투를 벌인 이야기였고 별로 듣고 싶지 않은 이야기는 보급로가 차단이 되어 이레를 굶주려야만 했던 이야기였다. 그렇게 가끔 외할아버지는 전쟁 이야기를 하곤 했다. 아마도 그분 삶에 있어서 가장 큰 영광인 참전용사라는 정체성을 마음 한구석에 두었다가 가끔씩 꺼내보는 것이 삶의 낙이 아니었나 싶다.

아이의 눈에 외할아버지는 기골이 장대했고 산처럼 컸다. 가끔 외할아버지의 자전거를 얻어 탈 적에 뒤에서 본 외할아버지의 등이 눈에 가득 찼었기 때문이었다. 그런데 그 아이가 산처럼 커지고 외할아버지가 아이처럼 작아져 돌아가셨을 땐 그 커버린 아이는 많은 생각을 했고 또 많이 슬퍼했다. 그렇지만 외할아버지가 돌아가셨을 때 다 커버린 아이는 울지 않았다. 울지 않는 것이 외할아버지가 즐거워하는 일이라고 생각했기 때문이었다. 문득 그의 죽음 앞에서 그런 기억이 떠올랐다. 뛰다가 넘어져 무릎이 깨져 피를 흘리며 서럽게 울며 들어오는 아이에게 했던 말이었다.

"매일 뜨거워서 못 먹는다고 더운밥 말고 찬밥을 먹으니까 힘이 없는 거야! 더운밥을 먹어야지!"

그의 조롱인지 위로인지 모르는 듯한 미소가 떠올랐다. 그 미소를 떠올리며 나 또한 미소를 보이는 것이 그를 위한 것이라 여겨져서 미소를 잃지 않기 위해 애쓰고 또 애를 썼다.

6

귀싸대기의 추억(딱따기)

소년은 항상 고민했다. 하루에 주어진 100원으로 오락실엘 갈 것인지 아니면 군것질을 할 것인지 결정하는 일에서 말이다. 오락을 하자니 입이 심심했고 군것질을 하자니 모험의 세계를 탐험할 수 없었다. 소년과 동일한 고민을 하던 아이들은 당시에 많았다. 오락과 군것질을 동시에 누리고 차지하는 아이들은 드물었다. 대부분의 아이들은 둘 중 하나를 선택해야만 했다. 물론 둘 다 하지 못하는 아이들도 부지기수였다. 집이 좀 사는 아이들은 딱히 문제 될 것이 없었다. 오락과 간식을 충분히 즐길 수 있었으니 말이다. 심지어 일부 아이들은 간식을 제쳐두고 모든 동전을 모험의 세계에 쏟아부었다. 그리고 그들은 그 가운데서 깊은 만족감을 느꼈다.

하지만 하루에 둘 중 하나밖에 못 하는 아이들 중 일부는 어둠의 양심과 손을 잡곤 했다. 그 어둠의 양심이 제시하는 방법은 '딱따기'였다. 휴대용 가스버너의 부품 중 점화할 적에 불꽃 역할을

하는 전기 도구였다. 언제부터였는지 모르지만 아이들 사이에서
는 그 도구만 있으면 오락을 마음껏 그것도 무료로 할 수 있는 획
기적인 도구라는 소문이 퍼지기 시작했다. 그리고 그 도구를 사용
할 때는 보통 2인 1조로 움직였다. 한 명이 망을 보고 다른 한 명
이 동전을 넣는 곳에 전기 불꽃을 튀기면 크레디트가 하나씩 올라
갔다. 단 정말 큰 리스크를 감당해야만 했다. 오락실 주인아저씨에
게 걸리는 날에는 어떤 결과가 기다리는지 걸려 봐야만 알았다.

소년은 딱따기를 소지하고 다니는 아이들을 동경의 눈으로 바
라보았다. 황금알을 낳는 거위 같았던 딱따기는 오락실의 시장경
제를 마음껏 주무를 수 있는 강력한 도구였다. 그러던 어느 날 학
교로 향하던 소년은 버려진 폐가전 사이에서 휴대용 가스버너를
발견했다. 소년은 흥분을 감추지 못했다.

'저것만 있으면 군것질도 하고 게임도 실컷 할 수 있어!'

소년은 온 재주를 부려 버려진 휴대용 가스버너를 해체하는 작
업을 한 뒤, 딱따기를 쟁취했다. 드라이버가 없어서 힘들긴 했지만
딱따기를 향한 열정이 도구의 부재를 뛰어넘게 했다. 소년은 그날
순적하게 학교를 다녀와서 같이 범죄를 저지를 동료를 포섭했다.
친했던 친구를 찾아가서 있는 사실을 털어놓고 가담 제의를 했다.

친구의 눈은 빛났고 흔쾌히 제의를 받아들였다. 다음날 학교가 끝난 후 둘은 말없이 비장하고 설레는 마음으로 오락실로 향했다. 오락을 마음껏 할 수 있으리라는 기대감에 준비된 100원은 망설임 없이 군것질에 투자했다. 붐비는 오락실로 들어가서 한 명은 망을 보고 다른 한 명은 동전 넣는 부위에 불꽃을 튀겼다. 정말 크레디트가 오르는 걸 눈으로 보았다. 동전이 들어가지 않고 크레디트가 오르니 온몸에 솜털이 섰다. 마저 한 방을 더 튀긴 후 둘은 즐거운 마음으로 게임에 임했다. 동전이 투자되지 않으니 더 재미있는 기분이 들었다. 하지만 그렇게 한 번만 게임을 한 뒤, 둘은 오락실에서 나와 집으로 걷기 시작했다. 왠지 모를 죄책감이 들었다.

"마음이 좀 그렇지 않냐?"

소년이 물었다.

"응, 조금 이상해."

친구가 대답했다.

"어떻게 이상한데?"

다시 소년이 물었다.

"그냥 주인아저씨한테 미안한데⋯."

친구가 대답했다.

"맞아! 나도 좀 그런 것 같아!"

소년도 같은 말을 했다.

하지만 어둠과 결탁한 그들은 딱따기의 유혹을 쉽게 뿌리칠 수 없었다. 다음날도 그들은 오락실로 향했다. 전날과는 다르게 과감했고 여러 차례 오락을 즐겼다. 어떤 기계에서는 한 번의 전기 불꽃으로 크레디트가 20개나 올라서 질리도록 그 게임을 했다. 돌아오는 길에 그 둘의 대화에서는 전날과 같은 죄책감은 찾아볼 수 없었다. 게임 속 악당을 멋지게 무찌른 무용담만이 있을 뿐이었다. 양심이 무뎌져 갔다.

3일째 되는 날도 역시 그들은 오락실로 향했다. 능숙하게 기계로 가서 불꽃을 튀기는 순간 갑자기 오락기계의 찬란한 화면이 붉은색으로 변해 버렸다. 순간 겁에 질리며 식은땀이 났다. 고장이 난 게 틀림없었다. 그것도 아주 큰 고장 말이다. 소년은 친구와 뒤도 안 돌아보고 달아났다. 엄청난 죄책감과 두려움이 엄습했다. 온갖 생각이 머릿속으로 들어왔다. 하지만 밀려오는 고통스러운 감정을 의지적으로 밀어내고 또한 마음의 구덩이에 파묻었다.

또 다음날이 되었다. 소년과 친구는 그날도 어김없이 자석에 이끌리듯 오락실로 빨려 들어갔다. 파우스트를 유혹한 메피스토의 그 유혹을 그들은 피할 수 없었다. 고장으로 여겨졌던 기계는 예상대로 꺼져 있었고 고장이라는 종잇장이 붙어 있었다. 나와는 상관없다는 듯 능숙하게 전기불꽃을 튀기고 둘은 오락을 했다. 그렇게 한 게임을 끝내고 다른 오락기계로 둘은 향했다. 한 명이 망을 보고 다른 한 명이 불꽃을 튀기는 순간 둘은 자신들 옆에 있는 다른 누군가를 느꼈고 또한 살기를 느꼈다.

"너희들이었냐?"

그 말이 끝나기가 무섭게 주인아저씨의 손바닥이 소년의 뺨으로 날아들었다. 그 짧은 찰나 소년은 바람을 가르는 소리를 들었다. 무언가 볼을 스치고 갔지만 소년은 아무 감각이 없었다. 그렇게 주인아저씨의 손이 몇 번이고 볼을 후려치고 지나갔고 친구의 볼에도 날아들었다. 소년은 겁이 났다. 저런 강력한 힘으로 분명 자기 뺨도 후려쳤을 생각을 하니 그제야 볼이 아려왔다. 친구의 얼굴에도 아저씨의 분노의 손바닥이 사정없이 날아들었다. 마치 부처님의 여래 신장처럼 말이다. 소년은 목구멍을 타고 들어오는 축축한 무언가를 느꼈다. 맛은 비릿했고 코로도 흘러나왔다. 코피였다. 옆을 보았더니 친구의 얼굴에도 이미 코피가 흐르고 있었다. 주인아저씨는 소년과 친구의 얼굴에서 흘러나오는 피를 보고 난 뒤, 징벌을 멈췄다. 그리고는 두 아이의 멱살을 붙잡고 어제의 그 기계 앞으로 데려가 세워놓고 말했다.

"이거 너희들 짓이지?"

두 아이는 고개를 끄덕였다. 여전히 코피가 흘러나왔다. 아저씨는 멱살을 놓고 아이들의 고개를 쳐들고는 손가락으로 오락기계 위를 가리켰다. 거기에는 먼지가 잔뜩 묻은 초록색 대형 회로기판들이 가득 있었다.

"저것들이 너희 같은 놈들이 고장 낸 기판들이다! 한 번 고장 나면 고치지도 못해 저게 얼마어치인지 아나?"

주인아저씨가 피를 토하듯 말했다. 그리고 이내 한숨을 쉬었다. 두 아이들은 주인아저씨의 한숨 속에서 깊은 후회의 감정을 느낄 수 있었다.

"때린 건 미안하다."

주인아저씨가 말했다. 그 말을 들었을 때 소년의 마음에 있는 왠지 모를 무거움이 날아가기 시작했다.

"다음부터는 절대 그런 짓 하지 말고 동전이 없으면 차라리 날 찾아와라… 그럼 동전 몇 개쯤이야 그냥 줄 거다."

소년과 친구는 그 말속에서 죄 사함이 마음에 찾아드는 것을 느꼈다. 이내 아저씨는 카운터로 가서 동전 몇 개를 가져왔고 두루마리 휴지를 챙겨왔다. 휴지로 아이들의 피를 정성스레 닦아 낸 뒤, 가장 재미있는 오락기에 동전 2개를 넣으며 말했다.

"하고 가!"

그리고는 동전을 몇 개 더 아이들 손에 쥐여 주며 말했다.

"부족하면 이걸로 더 하고!"

소년과 친구는 앉아서 게임을 하기 시작했다. 처음엔 긴장됐지만 이내 오락을 즐겼고 오락을 하며 즐거운 마음과 이제는 더 이상 죄책감을 느끼지 않아도 된다는 상쾌한 마음이 찾아들었다. 오락이 즐거운 건지 이젠 무거운 마음을 갖지 않아도 돼서 즐거운 건지 모르겠지만 죗값을 치르고 하는 오락은 너무 즐거웠다.

잡종견 죽이기(허구의 단편소설)

아마도 그 여인의 스트레스는 혼기가 지났음에도 불구하고 여전히 혼자서 지내는 억울함에서 오는 것 같았다. 말에는 늘 짜증이 섞여 있었고 주로 표현되는 감정은 분노였다. 그녀가 직장에서 얻어가는 벌이를 보자면 풍족함에 가까웠다. 왜냐하면 그녀는 은행원이었기 때문이었다. 나는 그 은행의 용역직원이었다. 정직원도 아닐뿐더러 고객이든 은행원이든 누구든지 하대를 해도 하소연할 곳 없는 그런 용역직원 말이다. 고객으로부터 오는 하대는 견딜 만했다. 그렇지만 은행원으로부터 오는 하대는 견디기 힘들었고 더욱이 분노를 마음에 가득 가지며 살아가는 그녀의 하대는 훨씬 날 난처하게 했다. 나는 항상 분석했다. 그녀의 분노는 어디서 올까? 하고 말이다. 조금 짓궂게 짐작해 보자면 성욕을 채울 수 없어서 오는 분노라는 생각이 들기도 했다. 그녀의 친구들은 이미 성욕을 해결한 것을 넘어 출산을 하여 어엿한 학부형이 되었는데 그녀는 그 출발선에도 서지 못한 채 세월을 허송하고 있었다. 그녀의 또래 친구들이 아이를 키웠다면 그에 준하게 그녀는 개를 키웠다. 그리고 그 개의 존재만이 그녀의 갈증을 달래주는 유일한 오아시스 같은 존재였다. 핸드폰은 그 개의 사진으로 도배되어 있었고 그녀가 남는 시간에 하는 인터넷 쇼핑은 개의 유기농 사료라든가 유모차 혹은 간식 및 옷 같은 걸 마련하는 것이었다. 나는 좀처럼 그녀의 얼굴에서 웃음을 볼 수 없었지만 그녀가 인터넷으로 쇼핑을 할 적에는 만연한 미소를 보곤 했다.

어느 날이었다. 은행에 붙어서 허드렛일을 하며 밥을 벌어먹던 나는 종종 고객들의 잔돈을 바꿔주곤 했다. 고객에게 몇만 원을 천 원짜리로 교환해 달라는 부탁을 받고 그녀에게 가서 넌지시 부탁했다. 그렇지만 일순간 그녀의 표정이 일그러지며 짜증과 분노를 나에게 표출했다.

"지금 나 일하는 거 안 보여?"

그녀가 일하는 것은 아주 잘 보였다. 그걸 못 봐서 그런 것이 아니라 다만 고객의 부탁을 중간에서 들어주려 하다가 일어난 일이었다. 화가 많이 나서 같이 쏴 붙여 주고 싶었지만 그랬다가는 목구멍이 포도청인 나에게 경제의 공급원이 사라질 우려가 있는 탓에 꾹 참았다. 그리고 그날 나는 그녀의 분노를 그대로 흡수하여 그녀가 키우는 개를 죽이기로 다짐했다. 그녀의 개는 소형 잡종견이었다. 이름은 폴리였고 암컷이었다. 듣기로는 슬개골에 문제가생겨 대학병원 수의과에서 이천만 원을 들여 수술을 해 주었다고알고 있었다. 그녀의 말에 따르면 퇴근 후, 매일 저녁 아파트 단지에서 개를 산책시킨다고 들었고 잡종견 견주 모임에도 꾸준히 참석한다고 들었다. 나는 그 개를 죽일 계획을 면밀히 세우기 시작했다. 우선 인터넷으로 저격수들이나 알카에다 같은 테러범들이 사용하는 복면을 준비했다. 그 복면은 입과 눈만 드러낼 수 있었고내가 누군지 알 방법이 없었다. 그리고 그녀가 사는 곳을 알아내야했다. 그리고 그건 그렇게 어렵지 않았다. 인터넷으로 쇼핑할 적에허드렛일을 하는 척 그녀의 자리로 가서 재빠르게 사는 곳 아파트단지 주소를 외웠다. 그 잡종견을 너무 사랑하는 탓에 하루도 산책을 거를 일이 없었기에 나는 구체적 거사 날짜만 정하면 되었다.다행히도 그녀의 아파트 뒤쪽으로는 산이 있었고 거사를 치른 뒤,산으로 도주하면 방범카메라에는 걸리지도 않겠다는 생각을 했다.그리고 나는 고물상 헌 옷 함에서 어두운 트레이닝복을 하나 구했다. 그리고 그녀 앞에서 한 번도 신어 본 적 없는 운동화를 고물상에서 마련해 챙겨 놨다. 용역직원인 나는 종종 이유 있는 사정만말하면 관리자의 재량껏 집에 일찍 보내주곤 했는데 거사를 치르는 날 관리자의 아량을 의지하기로 했다.

드디어 거사의 날이 다가왔고 그날은 금요일이었다. 병원에 가야 할 일이 있다고 말하고 1시간가량 일찍 퇴근했다. 베토벤의 〈비창 소나타〉를 들으며 전의를 불태웠다. 그리고 복장을 갖춰 입고 복면을 주머니에 넣은 다음 그녀의 아파트와 인접한 뒷산으로 올라갔다. 아파트 뒷문 쪽으로 접근해 아파트 단지 안으로 들어갔다. 아파트 단지를 면밀히 둘러보고 나의 동선을 반복해서 체크했다. 그리고 잡종견을 던질 아파트 옥상도 답사를 마쳤다. 그리고 한적한 곳을 돌며 그녀와 그녀의 잡종견이 아파트 단지 내에 나타나길 빌고 또 빌었다. 주위를 계속 두리번거렸지만 좀처럼 그녀가 보이지를 않았다. 내가 알기론 그녀는 단 하루도 산책을 거르지 않았는데 도무지 보이질 않았다. 그렇게 낙담하며 고개를 땅으로 향한 순간, 그녀가 나타났다. 그녀의 어머니로 보이는 사람과 여유로운 표정으로 잡종견을 산책시키고 있었다. 자세히 살펴보니 무식하게도 목줄을 하지 않았다.

'하늘이 나를 돕는구나!'

이렇게 생각한 나는 으슥한 곳에서 재빨리 빠져나와 전속력으로 잡종견을 향하여 달렸다. 내가 근처에 접근하기까지 그녀는 이런 상황을 예상하지 못했는지 계속 웃고만 있었다. 나는 빛의 속도로 잡종견을 낚아채 올렸고 가슴에 끌어안았다. 그녀가 보는 앞에서 걸음을 멈추고 개를 손으로 들어 보이며 따라와 보라는 듯 잡종견을 흔들었다. 잡종견도 주인을 닮아서 성격이 고약했다. 짖으며 그 작은 입으로 나를 물어보려 애썼지만 철저하게 나의 손아귀로 녀석의 입을 틀어잡았기에 깨갱대는 소리를 낼 뿐이었다. 나는 다소 느린 걸음으로 그녀에게 나의 동선을 보이며 옥상으로 올라가기 위해 한 아파트 동안으로 들어갔다. 그녀는 그제서야 사태를 파악하고 나를 잡기 위해 달려오기 시작했다. 나는 재빨리 엘리베이터를 잡아타고 꼭대기로 올라갔다. 한 층 한 층 올라갈 적마다 심장이 쿵쾅거렸다. 이제 조금만 있으면 그 여자에게 씻을 수 없는 아픔을 선물할 수 있었다. 드디어 맨 꼭대기 층에서 엘리베이터가 열렸고 옥상 문이 열린 곳으로 향했다. 옥상에 도착해서 그녀가 오기까지 기다렸다. 3분 정도가 지났을까? 그녀도 흐느끼며 옥상으로 들어오는 모습이 보였다. 그랬다. 그녀는 분명히 흐느끼며 울고 있었다.

"왜 그러세요? 우리 폴리 죽이지 마세요!"

라고 그녀의 말을 마치자마자 나는 잡종견을 옥상 밖으로 던져 버렸다. 바람을 가르는 소리가 들렸고 개는 깨갱 하며 외마디 비명을 내질렀다. 그 짧은 찰나 문인 김해경의 글이 생각났다.

'날자! 날자! 한 번만 더 날자꾸나! 한 번만 더 날아보자꾸나!'

잡종견은 그대로 바람을 가르고 내려가 둔탁한 소리와 함께 바닥에 떨어졌고 케첩을 짜듯 머리가 깨지며 피가 나왔다. 나는 웃음이 나왔지만 목소리로 인해 정체가 탄로 날까 봐 억지로 웃음을 참았다. 그녀는 '안 돼!'라는 비명을 외치며 손을 내뻗었고 몸이 그대로 굳어 버렸다. 잠시 후 흐느끼며 느린 걸음으로 다가와 땅 아래를 보더니 주저앉아 울기 시작했다. 그런데 그 순간 한 가지 강렬한 충동이 생겼다. 그 자리에서 도주를 해야 함에도 불구하고 난 복면을 벗어 그녀에게 나의 정체를 알리고 싶었다. 시원한 가을바람이 나쁘지 않았다. 그리고 복면을 오래 쓴 탓에 땀이 많이 찼다. 주저앉아 울고 있는 그녀에게 다가가 어깨를 다독이며 땀이 가득 찬 복면을 벗어제쳤다. 그녀가 서서히 고개를 들어 나를 보았고 아연실색이 되는 모습을 보았다. 그리고 나는 세상에서 가장 온화한 부처님 같은 속시원한 미소를 그녀에게 보였다. 내 생에 그러한 미소는 아마 처음이었을 것이다. 흡사 '염화미소'와 같은 미소 말이다. 아직 잘 모르겠다. 내가 그런 온화한 미소를 인생에서 다시 지을 수 있을는지 말이다. 그날, 한 명은 해맑게 웃었고 한 명은 비참하게 울부짖었다.

8

너에게 나를 보낸다

1994년을 나는 기억한다. 14살이던 나는 무척이나 어른이 되고 싶었다. 어른이 되고 싶었던 이유는 단 한 가지였다. 어른만 되면 청소년 관람불가 영화를 언제고 마음껏 원 없이 볼 수 있다는 생각 때문이었다. 당시 14살의 나는 그럴 수 없었다. 비디오 가게를 가면 침을 꼴딱꼴딱 삼키며 성인용 비디오의 제목만 상상의 나래를 펼치며 볼 뿐이었고 아직 아이의 얼굴을 한 내가 그것들을 빌린다는 것은 자살행위인 동시에 주인아저씨나 아주머니에게 큰 무안을 준다는 사실 때문이었다. 생각해 보라! 몸은 국민학생인 아이가 교복만 입었다고 새빨간 딱지가 붙은 〈젖소 부인 바람났네〉 같은 걸 들이밀며 빌려달라고 하는 상황 말이다. 꿀밤을 얻어맞지 않거나 교복을 기억해 두었다가 학교로 전화하지 않으면 다행인 일이었다. 그러던 우리 동네에 개봉관은 아니지만 극장이 하나 있었다. 개봉일보다 일정 시간이 흐른 뒤 영화를 틀어 주는 극장이었는데 동네에서는 그냥저냥 장사가 잘되는 집이었다. 그러던 우리 동네에 1994년 대한민국을 뒤흔들어 놓았던 영화가 하나 걸린다.

〈너에게 나를 보낸다〉.

당시 대한민국 영화계에 큰 이슈였던 영화였고 또한 여자 주인 공은 일약 스타덤에 올랐으며 방송 매체에서도 여러 차례 그 영화 만 다루었다. 대한민국에 이런 영화는 없었다면서 나와 내 친구들 속을 뒤집어 놓았다. 우리는 우리의 나이를 원망했고 세상을 원망 했다. 당시 어른들은 남녀를 따지지 않고 여유로운 웃음을 띠며 마 치 지식인이자 선구자처럼 그 영화를 보고 토론 같은 걸 했던 기 억이 난다. 우리 동네에 그 영화 포스터가 붙는 날 우리 동네의 모 든 중고등학생 머릿속에는 어떻게 하면 주인아저씨와 아주머니를 속이고 그 영화를 관람을 하느냐?였다. 이미 2차 성징이 원활하게 진행되어 주민등록증을 받기로 한 날이 얼마 남지 않은 고등학생 형들이야 눈속임이 쉬웠지만 나와 내 친구들은 어중간한 그 어디 즈음이었다. 하지만 우리의 의욕은 너무나 강했고 반드시 그 영화 가 상영되는 날 우리는 그 극장 안에 있기로 다짐을 하고 또 다짐 했다. 우리는 여주인공의 나체를 반드시 보리라는 굳은 의지를 꺾 지 않았다.

친구들과 머리를 굴렸다. 아버지의 신사용 정장 바지를 입고 구두를 신고 향수를 좀 뿌리려는 녀석도 있었고 일부러 피우지도 못하는 담배를 잔뜩 피워 몸에 담배 냄새가 나게 해서 어른인 척하려는 녀석도 있었다. 나 같은 경우는 그냥 평소대로 캐주얼하게 입고 모자만 깊게 눌러써서 눈을 가려 주인아줌마 눈을 마주치지 않으려는 전략을 펼쳤다.

거사를 치르는 날이 되었고 방과 후 우리는 다들 약속 장소인 극장 앞에 어색하게 어른을 흉내 내며 모여 있었다. 그런데 한 녀석이 문제였다. 그 녀석은 아직 변성기도 오지 않았고 버스를 탈 때도 국민학생이라고 속여서 동전을 덜 내고 탔으며 국민학교 6학년 때까지 엄마를 따라 여탕을 가던 녀석이었다. 그만큼 발육이 덜된 상태의 친구였다. 우린 모두 그 녀석을 걱정했다. 하지만 그 녀석도 우리와 마찬가지로 욕정이 불타오르는 수컷이었다. 마치 호랑이 새끼도 호랑이이듯 말이다.

"만약에 들어가다가 주인아줌마한테 걸리면 우린 널 우리 친구 아니라고 할 거다."

우린 입을 모아 발육이 덜 된 친구에게 말했다.

"그래 만약에 걸리면 난 깔끔히 포기하고 나도 너희 모른다고 할 거야! 그러면 너희는 무사히 들어가!"

우정이 차고 넘치는 대답이었다.

두근거리는 마음으로 극장에 진입했다. 떨리는 마음으로 계단을
올랐고 난 본능적으로 우리 근처에서 같이 계단을 오르는 사람들
이 우리와 같은 학생이라는 사실을 알 수 있었다. 오징어 구워지는
냄새와 쥐포 구워지는 냄새 같은 것들이 점점 가깝게 느껴졌다. 드
디어 우리는 상영관 입구에 들어섰고 아주머니가 눈을 사용해 위
아래도 뜨는 스캔을 심장이 빠지는 심정으로 마주하며 그곳을 지
나고 있었다. 아버지의 양복바지를 입고 굵은 금목걸이를 차고 온
녀석부터였다. 녀석의 동공은 확장되어 있었지만 다행히도 가뿐
하게 무사통과를 했다. 인상이 찌푸려질 정도로 아버지 담배를 훔
쳐 핀 녀석도 마찬가지였다. 다음은 내 차례였다. 손에 땀이 흥건
했다. 내가 숨 쉬는 소리가 내 귀에 들렸다. 모자를 깊게 눌러쓰고
아주머니의 눈을 마주치지 않았다. 그 찰나가 한 시간같이 흘렀다.
그렇게 우려와는 다르게 나 또한 무사통과였다. 이제 극장의 저 어
두운 커튼만 통과하면 손에 원하던 걸 넣을 수 있었다. 그런데 그
어린아이 같은 녀석이 문제였다.

"너 몇 살이니?"

주인아주머니의 질문 소리가 들렸다. 우리 셋은 신경도 안 쓰고 상영관 안으로 뛰어 들어갔고 내 어린아이 같은 친구는 예상했던 대로 그 자리에서 저지당했다. 하지만 나는 귀를 쫑긋 세우고 그 녀석의 마지막 발악의 거짓말을 들어야 했다.

"19살이요."

동요나 부를 법한 아름다운 보이 소프라노 같은 아이의 목에서 나온 말이었다. 우리는 더 지체할 수가 없어서 얼른 극장으로 뛰어 들어갔다. 끝내 그 녀석은 우리를 상영관 안에서 만날 수 없었다. 영화를 기다리면서도 우리는 부들부들 떨어야 했다. 막상 어른들의 세계를 맞이하려니 흥분을 감출 수가 없었다. 영화가 이내 시작되었고 우리는 충격적인 세상과 조우하게 되었다. 감당하지 못할 것들이 머릿속으로 들어왔고 뇌가 녹는 기분이었다. 그렇게 우리는 그 안에서 우리가 생각하는 어른이 되는 시간을 가져버렸다.

다음 날 학교에 갔을 때 우리는 어깨에 힘이 바짝 들어가 있었고 고개를 보란 듯이 세우고 갔다. 왜냐하면 우리는 어른이 되어버렸기 때문이었다. 아이들이 어디서 소문을 들었는지 벌떼처럼 우리에게 달려들어 우리의 무용담과 영화 이야기를 온 정성을 다해 들었다. 하지만 우리는 그 아침에 알았어야 했다. 반 아이들이 우리가 그날 거기 있었다는 것을 어떻게 알고 달려들었는지 말이다. 나는 막연한 불안감에 휩싸여 그날을 보냈다. 그날을 마감하는 종례 시간에 앞문이 열리며 담임선생님이 들어왔다. 얼굴은 굳어져 있었고 평소와는 다르게 박달나무 몽둥이를 들고 들어왔다. 내 마음은 나에게 말해 주고 있었다. 저 몽둥이는 분명 나와 연관이 있을 거라고 말이다. 선생님은 시계를 풀고 재킷을 벗으시더니 와이셔츠의 소매 단추를 풀어 걷기 시작했다. 오금이 저렸다. 그러더니 우리 3명의 이름을 호명하고 앞으로 불러냈다.

"너희들 극장에 갔었지?"

예상했던 질문이었다.

"……"

우리는 사시나무 떨듯 떨었다.

"어떤 영화를 봤지?"

다시 선생님이 물었다.

"......"

우리는 대답할 수 없었다.

"이제부터 물었을 때 대답을 하지 않으면 오늘 예정한 체벌의 양보다 2배가 늘어날 줄 알아라! 다시 묻는다. 어떤 영화를 보았지?"

다시 물었다.

"'너… 에… 게… 나를 보낸다'를 보았습니다."

아버지의 양복바지를 입고 온 녀석이 말했다. 말이 끝나기가 무섭게 선생님은 우리에게 엎드리라 말했고 박달나무로 사정없이 허벅지와 엉덩이를 내려쳤다. 끅! 끅! 하는 숨소리가 맞을 때마다 올라왔다. 나는 그렇게 매우 세게 매질을 당하면서 그 어린아이 같은 녀석과 눈이 마주쳤다. 그 녀석은 재빨리 나의 눈을 피했다. 머릿속에서 무언가 맞추어지기 시작했다.

'저 자식이 일렀구나!'

상황은 이랬다. 극장주인 아주머니가 끊임없이 추궁한 끝에 우리 학교를 알아냈고 그 소식이 담임선생님 귀에 들어갔으며 늙은 여우였던 선생님은 그 녀석이 그렇게 일을 혼자 저지르지 않았다고 판단, 공범이 있을 거라 확신한 후 그 녀석을 다시 한 번 추궁해 우리를 알아낸 것이었다. 하지만 나는 그 어린아이 같은 녀석을 원망하거나 미워하지 않았다. 우리랑 같이 상영관으로 못 들어간 것도 서러워 죽겠는데 아주머니한테 고통을 당하고 담임선생님한테까지 모진 고초를 당한 생각을 하니 측은해졌다. 그 일이 있은 후 우리는 그 어린아이 같은 녀석을 절대 나무라지 않았다. 왜냐하면 우리는 너그러운 어른이 되어 있었기 때문이었다. 어른 말이다. 어른.

오늘 문득 이 이야기를 꺼내어 생각하며 그때와는 많이 다른 어른이 되어버린 오늘의 나를 본다. 사람들을 향해 웃고는 있지만 쉽게 저 깊은 마음의 문을 닫아 버리고 용서의 기회를 타인과 나에게 잘 주지 않으며 질책을 더 잘하고 웃지 못하는 어른이 되어 버린 나 말이다. 1994년 〈너에게 나를 보낸다〉를 보며 생각하던 어른은 이런 어른이 아니었는데 말이다. 아무리 생각해도 1994년 몽둥이찜질을 실컷 당하고도 친구가 고자질했다고 미워하지 않던 14살의 내가 더 크고 더 이해심이 많은 어른이었다는 생각이 자꾸 든다. 나에게 물어본다.

"어디 갔냐? 14살짜리 멋있는 어른아!"

9

무전취식

무전취식을 해 본 적이 있다. 8살 때였다. 그 나이 즈음해서 나는 돈가스라는 걸 처음 먹어 보았고 그것의 맛은 8살의 나에게는 세상의 어떤 음식보다 으뜸이었다. 두터운 고기의 풍성한 식감과 바삭함 그리고 고추장과 다른 소스의 맛은 8살의 마음을 풍성하게 사로잡기에 충분했다. 그중에서도 가장 기분을 좋게 만들었던 것은 나이프와 포크로 음식을 먹는다는 기쁨이었다. 양식이라는 음식이 전무하던 우리 동네에서는 내 기억에 포크와 나이프로 음식을 먹는 곳은 그곳이 유일했다. 많은 기회는 아니었지만 돈가스를 먹을 적마다 마치 내가 TV 속 주인공이 된 기분이 들었다. 적어도 8살의 나에게는 그랬다. 직업이 마땅히 없이 음주만을 하던 아버지는 돈가스를 사줄 적에 아마도 지갑 없이 구겨진 돈을 돈가스의 가격에 겨우 맞추어 지불하곤 했을 것이다. 그렇게 가끔… 아주 가끔 돈가스를 먹었던 나는 아버지가 돈가스를 사 준다고 약속을 하면 하늘을 날듯 기뻤다. 하지만 이내 8살의 나에게는 막연한 불안감이 엄습했다.

'무슨 돈으로 아버지가 돈가스를 사 주지? 우리 아버지는 직업이 없는데?'

8살이 걱정하지 말아야 할 것을 나는 걱정해야만 했다. 왜냐면 아버지는 말 그대로 직업이 없었기 때문이었다. 나는 아버지가 소위 말하는 푸른색 '추리닝'을 입고 다니는 것이 참 싫었다. 그 옷은 아버지가 무직이라는 것을 단번에 말해 주었고 또한 소주를 엄청 가까이한다는 것을 말해 주고 있었기 때문이었다. 나는 그 시기에 다른 아이들의 아버지 모습을 유심히 지켜보곤 했다. 흰 셔츠에 타이는 아니더라도 그들의 아버지들은 분명 땀을 흘려 일했다. 그래서 나는 아버지가 부끄러웠다. 그런 아버지가 돈가스를 사 준다고 호언장담하는 것은 나에게 충분히 불안감을 일으킬 만했다.

"내가 이번 주에 돈가스를 사 줄 거야!"

아버지의 호언장담이 선언된 날이었다. 나는 기분이 좋았고 또한 불안했다. 그렇지만 나는 그 선언을 거부할 나이도 아니었고 거부할 내면의 힘도 없었다. 그렇게 아들에게 무언가를 해주고 싶은 아버지의 호의를 거절할 수 없었다. 그냥 기뻐하는 대로 두는 수밖에 없었다. 돈가스를 사 먹는 날은 점점 다가왔고 불안한 마음도 날이 갈수록 커졌다. 약속한 날이 되어 우리 부자는 나의 마을에 하나뿐이던 경양식집으로 향했다. 제법 내부가 근사하게 꾸며져 있었고 조명도 꽤나 도회지 사람들이 좋아할 만한 것이었던 것으로 기억된다. 그곳에 앉아서 돈가스를 먹는다는 것만으로도 마치 내가 좋은 회사원 아버지를 둔 아들이 된 든든한 기분이 들었다. 유일하게 그 공간 안에서만 말이다. 적어도 그 음식을 먹는 시간만큼은 그랬다. 넓은 접시에 각종 야채와 과일로 모양이 꾸며져 있고 두툼한 돈가스가 소스와 곁들여져 빛이 나는 나이프와 포크와 함께 식탁에 놓였다. 그 빛나는 포크와 나이프가 나의 지저분했던 작은 손에는 어울리지 않았던 기억이 난다. 식전에 나오는 흰색 수프는 어찌나 달콤하던지⋯ 늘 먹던 된장국과는 달랐다.

아버지는 웃으며 나의 돈가스를 썰어 줬던 기억이 난다. 아버지는 아이러니하게도 삶의 질서는 엉망이었지만 그 돈가스만은 질서 정연하고 가지런하게 잘라 주었다. 속으로는 나도 TV 속 주인공처럼 내가 잘라먹고 싶었지만 그러기에 포크와 나이프는 나에게 너무 컸다. 너무 기쁜 마음으로 돈가스를 먹었던 기억이 난다. 나중의 걱정일랑은 마음속 한쪽으로 집어 던져 버린 지 오래였고 좀처럼 느낄 수 없는 아버지와의 따뜻한 시간을 기쁘게 보냈다. 아버지는 군 시절 무용담을 늘어놓기도 했고 시나 문학에 대해 이야기를 해주기도 했다. 그 이야기를 하는 아버지의 모습이 너무나 기뻐 보여 나는 중간에 이야기의 흐름을 끊을 수 없었다. 그렇게 나를 기쁘게 해주며 만족을 느끼는 아버지의 기쁨을 빼앗고 싶지 않았다. 그렇게 삶에서 몇 번 없는 아버지와의 즐거웠던 기억 중 하나가 그렇게 만들어졌다. 하지만 슬프고 아픈 추억이 만들어지는 것은 식사를 끝내고 난 뒤였다.

아버지는 나와 느린 걸음으로 머뭇거리며 계산대로 갔다. 아버지는 이내 용기를 잃어버린 듯 계산대 앞으로 다가가지 못했고 주인은 우리가 값을 치르기를 기다렸다. 아버지의 그런 모습에 여주인은 다그치듯 계산해야 하지 않느냐고 채근하던 기억이 난다. 그렇게 아버지는 아무 말 없이 주머니에 손을 넣었다 빼며 돈이 없음을 시사했고 목소리가 커지는 여주인의 모습에 고개를 숙였다. 살면서 가장 부끄러운 순간 중 하나였다. 나 또한 부끄러운 모습으로 그 상황을 지켜보는 수밖에 없었다. 마음이 아팠다. 그 상황에서 그냥 그렇게 부끄러움을 당해야만 했다는 것 말이다. 그런데 재미있던 것은 아버지는 고개를 숙였지만 나는 부끄러워도 그냥 고개를 들고 여주인의 모습과 아버지의 모습을 번갈아 가며 보았다. 그냥 그래야 할 것 같았다. 그렇게 고개를 들었다. 여주인은 격앙이 되어 우리를 내쫓듯 밖으로 내보냈고 우리는 그렇게 값없이 식사를 마치고 나왔다. 무거운 추를 마음에 가득 달아놓은 듯했다. 8살의 마음은 그랬다. 밖으로 나오자 나와 아버지에게 시원한 바람이 불어왔다. 내 기억엔 바람이 정말 시원했다. 그 찬바람을 맞으며 아버지는 말했다.

"돈가스 정말 맛있지 않냐? 아버지가 다음에 또 사 줄게!"

　나는 어린 나이에 아버지의 굳어 버린 양심이 미웠다. 부끄러운 순간이 지난 뒤 내 얼굴에 닿는 바람은 정말 시원했다. 그리고 다음에 이런 상황은 또 오지 않기를 난 바랐다. 그리고 오지 않았다. 값없이 아버지와 음식을 먹는 상황….

　가끔 다 커버린 나는 생각해 본다. 아마 아버지는 돈가스를 먹어도 그만 안 먹어도 그만이었을 것이다. 그런데 아마도 내가 당신의 이야기를 들으며 차려진 나름대로의 값진 음식을 기쁘게 먹는 모습을 보며 어깨가 으쓱하고 싶었는지 모른다. 어쩌면 모든 부끄러움은 뒤로하고서라도 더러운 꼴이야 저 뒤로 해버리고 나에게 당신의 사랑을 쥐어짜 내 먹이려 했던 것은 아닌지 이제 와 그냥 그렇게 단정 지어 본다. 이제라도 그렇게 단정 짓지 않으면 다 커버린 내가 그분을 이해하거나 지금은 없는 모습을 감싸안지 못할 것 같다. 어떤 사람이 그랬다. 난 정의를 사랑하지만 그 정의가 우리 어머니에게 총구를 겨눈다면 우리 어머니 편을 들겠다고 말이다. 난 그렇게 무전취식을 했던 아버지의 편을 들어보려 한다. 그리고 그때 말했어야 하는데 지금 속으로 이렇게 말해 보려 한다.

　'아버지! 아버지가 사 준 돈가스가 너무 맛있네!'

10

몸은 차갑고 가슴은 시렸고

눈이 정말 많이 온 오래전 겨울의 어느 날로 기억된다. 그때 나는 8살이었고 또한 국민학교 1학년이었다. 나는 8살 인생 중 최초의 사회라는 곳으로 여겨지는 학교 안에 있는 학급의 구성원이었다. 그렇게 눈이 시릴 만큼 눈이 많이 왔던 날 그날의 차가움을 나는 기억한다. 눈이 많이 와서 모두들 설렐 그때 노년의 여자 선생은 우리들에게 인심을 베풀어 모두를 운동장에서 뛰어놀게 해 주었다. 다들 키가 크지 않아 발이 흰 눈 속에 푹푹 빠져 제대로 걷지 못할 나이였음에도 아이들은 사력을 다해 뛰어다니며 서로를 향해 눈을 던지곤 했다. 까르르거리는 웃음소리가 어렴풋이 기억나는 듯하다.

8살의 나는 가난했다. 마땅히 입을 옷이 여의치않아 유아 시절에 입었던 옷을 국민학생이 되어서도 억지로 입었고 큼지막하게 듬성듬성 바느질한 구석도 여러 군데였다. 8살의 나는 그것이 전혀 부끄럽지 않았다. 사람이라면 그렇게 사는 줄 알았다. 하지만 어린아이의 사회를 구성하던 학급의 다른 아이들은 그렇게 생각하지 않았던 모양이었다. 집이 잘살고 부모의 직업이 학원을 운영하던… 내 눈에는 영악해 보였던 아이로 기억된다. 그 여자아이가 나를 부르던 호칭은 따로 있었다.

'거지.'

그것이었다. 나는 살면서 나의 정체성이 거지라는 것을 그때까지 단 한 번도 생각하고 살지 않았다. 가난한 것과 거지는 엄연히 다르다는 걸 인식할 수 있는 정도의 나이는 되었다고 스스로 여겼기 때문이었다.

'나는 거지가 아닌데….'

스스로 생각했다. 8살의 마음은 화가 나고 분이 조금씩 차올라 갔다. 어느 날은 그 여자아이와 같이 다니던 무리들이 나를 둘러싸며 거지라고 부르기 시작했다. 하지만 나는 저항할 수 없었다. 왜냐하면 그 아이가 부여하는 정체성은 나를 짓눌렀고 또한 저항을 할 수 없게 만드는 힘이 있었다. 그렇게 눈물이 나기도 했지만 나는 못 들은 체하거나 저항하지 않으며 그 소리를 여과 없이 듣는 방법밖에 없었다. 그렇게 시간이 흘러 도저히 참을 수 없을 때가 되었을 때쯤 나는 그 영악한 여자아이에게 폭력을 행사했다. 그때 영악한 여자아이와 그 여자아이를 따르던 아이들은 어른처럼 팔짱을 낀 채로 그날도 나에게 거지라는 정체성을 부여하던 중이었다. 조금의 후회도 없었고 그동안의 분이 씻은 듯이 흘러 내려갔던 것으로 기억이 된다. 여자아이는 울음을 터뜨렸고 그 여자아이를 병풍처럼 둘러쌌던 아이들은 얼른 노년의 여선생에게 달려가 그 상황을 그대로 일러바쳤다. 두려웠다. 손에 땀이 쥐어졌고 선생의 겁박 앞에서 큰 죄를 지은 것만 같은 죄책감이 들기 시작했다.

"너 왜 친구를 때린 거야?"

노년의 여선생이 겁을 주듯 물었다. 나는 대답할 수 없었고 대답할 용기가 나지 않았다. 입을 열어 '저 애가 나에게 거지라고 했어요!'라고 하면 상황은 역전이 될 수 있었지만 학급 아이들이 모두 보는 데서 나 스스로를 거지라고 알리는 말은 다시 하고 싶지 않았을뿐더러 이미 노년의 여선생은 이미 그 영악한 아이의 편이 되어 나를 심판하고 있었기 때문이었다. 나처럼 가난하고 옷에 바느질 자국이 보이며 더욱이 폭력을 사용하는 아이에게는 손바닥을 몽둥이로 내려치는 것이 가장 어울렸을 거라 생각했나 보다. 그날 8살의 나는 고통을 호소하지도 못하고 그 여린 손바닥을 맞아야만 했다. 무서웠고 화가 났다.

　그 일이 있은 뒤 나 또한 함박눈이 내리던 그날을 기쁨으로 맞
이했던 기억이 난다. 까르르 웃는 소리와 함께 나도 그날만은 아
이들과 어울려 눈밭을 뛰놀며 뒹굴었다. 그렇게 잘 놀았으면 좋았
을 것을 잊을 수 없는 차가움이 그날의 나에게 찾아왔다. 아이들은
내 몸에 그리고 내 속옷에 눈을 넣기 시작했다. 거지라는 이야기를
들어도 별 저항을 못 했던 나였기에 아이들은 바느질한 옷을 입는
나의 옷 속에 눈을 넣으며 웃음거리로 만드는 것이 쉬웠을 것이다.
너무 차가웠고 가슴이 시렸다. 평소 잘 만나지 못하는 엄마가 생
각이 났고 내리는 눈을 보며 유쾌했던 감정은 파괴적 감정이 되어
나의 마음으로 찾아왔다. 흰 눈 속에서 그런 나의 괴로워하는 모습
을 보며 너무나도 기쁘게 웃던 그 영악한 여자아이가 생각이 난다.
너무나 행복해했고 기뻐했던 그 얼굴이 예뻐 보이기까지 했으니
말이다. 흉하고 더러운 것은 죄가 아닌데… 벌레는 죄가 아닌데…
그 아이는 그것을 죄처럼 여겨 짓밟고 분노하며 파괴하고 싶었나
보다. 그래서 기뻤는지도 모른다. 그날 그 아이의 웃음은 참 따뜻
해 보였는데 나의 몸은 너무 차가웠고 나의 마음은 너무 시렸다.
1988년의 겨울 말이다.

11

비둘기 이반

뒤뚱거리며 고개를 숙이고 부리를 연신 돌바닥에 찧어 댔다. 과자 부스러기를 찾는 것인지 아니면 돌바닥의 따뜻한 온기를 느끼려 하는 것인지 모르겠지만 비둘기 이반의 모습이 참 우습다. 이반은 그렇게 자기에게 주어진 오늘의 삶을 살아내는 중이다. 운이라도 좋으면 지하철 의자에 앉아있는 사람들이 팝콘이나 강냉이 같은 것을 던져 주곤 했는데 이반은 그날을 스스로가 횡재한 날이라 여기며 스스로의 삶을 무척이나 축복했다. 그렇게 사는 이반의 동료들은 지하철 플랫폼에 많았다. 그들은 서로의 영역을 위해 다투지 않았고 바닥에 떨어진 과자를 더 가지기 위해 서로를 해하지 않았다. 때로는 서로의 눈치를 보았지만 먹이를 나누어 먹으며 그들은 공존했고 존재해 나갔다.

이반은 지하철 플랫폼이 너무 좋았다. 늘 어디론가 바쁘게 움직이며 자기의 길을 가는 사람들과 때로는 큰 여행용 가방을 끌며 더 먼 곳을 향해 가는 사람들을 보며 이반 스스로도 언젠가는 이 곳을 떠나 어디론가 갈 수 있을 것이라는 막연한 꿈을 꾸며 대신하여 만족할 수 있었기 때문이었다. 그렇게 그들을 보며 꿈을 꾸고 있다가 때가 되면 먹이를 먹을 수 있었다. 예전에 먹던 벌레나 곡식의 낱알처럼 감미로운 맛은 아니었지만 부드러운 빵조각과 과자 조각들이 부지런하기만 하면 끊이지 않고 이반과 이반의 동료들에게 꾸준히 공급되었다. 그게 이반과 그의 동료들로 하여금 이 사랑스러운 플랫폼을 떠나게 하지 못하는 이유였다.

이반이 만나는 사람들은 크게 세 부류로 나뉘었다. 대부분은 이반과 동료들에게 별 관심이 없었다. 다른 부류는 상냥하거나 친절한 사람들로 이반과 동료들에게 과자나 빵 조각 같은 것을 주기적으로 주어 이반과 동료들을 흡족하게 했다. 그리고 나머지 부류의 사람들은 이반과 이반의 동료들을 경멸했다. 무섭게 달려오며 그들의 무리를 쫓아내기도 했고 때리기도 했으며 몇몇 이반의 동료들은 그들 때문에 목숨을 잃기도 했다. 플랫폼 한구석에 주검이 되어 돌에 빻아진 반죽 같은 모양으로 놓여 있는 모습을 이반과 동료들은 종종 보곤 했다. 그럴 때마다 이반은 마음으로 다짐하고 다짐했다.

'난 절대 저렇게 생을 마감하지는 않을 거야!'

하지만 그렇게 마음을 먹으면서도 내일은 어떤 사람들이 나에게 어떤 먹이를 줄까?가 삶의 전부인 고민이 되어버린 자신을 느낄 때면 이반은 주검을 볼 때보다 더 큰 불안감을 마주하곤 했다. 하지만 이내 모여 있는 동료들 틈 속으로 달려가 그런 불안감을 억지로 내어 쫓곤 했다. 이반도 하늘을 날아 본 적이 있다. 먼 거리를 날아 본 것은 아니었다. 하지만 이반은 날아 본 적이 분명 있었다. 그때 이반은 자신이 날아서 세상을 살아간다는 존재라는 것을 분명 인식했고 그것이 자신이라는 것이 너무나도 당연하다 여겼었다. 하지만 마지막으로 날아 본 지가 언제인지 이반은 그때의 기억이 가물가물했다. 플랫폼 천장의 지붕 너머 하늘을 보지 않고 고개를 열심히 땅으로만 향한 시간이 참 오래되었다. 거기에는 운이 좋으면 발견하는 빵조각과 과자 조각이 있었기 때문이었다. 이반은 스스로 생각했다. '난 날 수 있어! 하지만 날지 않는 것뿐이라고! 나도 언젠가는 다시 평화시장으로 돌아가 그 하늘을 마음껏 날아 보겠어!'라고 말이다. 여전히 이반은 하늘에서 자기 몸이 날고 있을 때의 기분을 기억했다. 날갯죽지와 등은 서늘했고 바람의 느낌은 청량했다. 이반은 늘 그 기억을 가슴에 묻으며 때로는 자신이 이 플랫폼에 살고 있다는 것에 위축될 적마다 그때의 기분을 꺼내 다시 기억하곤 했다. 그러면 그 순간만큼은 자신이 이곳에 살고 있다는 괴로움을 잠시 잊을 수 있었다. 그렇다. 우리의 플랫폼 비둘기 이반은 언제고 평화시장 하늘을 다시 날 것이다. 그곳의 하늘을 가로지르며 시원한 바람을 자신의 가슴속으로 마음껏 삼켜 이 땅의 사람들을 내려다볼 것이다. 그리고 사람들이 자신을 평화의 상징이라고 부르는 것을 당연히 여기며 자신의 존재 이유를 만끽할 것이다. 그런 이반을 응원한다. 그렇게 될 우리의 플랫폼 비둘기 이반을 응원한다. 오늘도 플랫폼 바닥을 두리번거리는 이반의 눈에 운 좋게도 과자 부스러기가 많이도 들어온다.

아홉 살의 용서

100원은 참 큰돈이었다. 1989년의 나에게는 그랬다. 그 당시 100원이면 불량 식품 50원짜리 두 개를 사 먹을 수 있었고 어린이들의 합법적인 도박인 뽑기를 두 번이나 베팅할 수 있었다. 그리고 우리들 말로 부르는 쭈쭈바라는 걸 사 먹을 수 있었다. 그것도 아주 큰 녀석으로 말이다. 용서에 대한 이야기다. 분명 100원짜리만큼의 용서였지만 살면서 너무나 크고 너그러운 용서에 대한 기억이다.

1989년의 우리 학급은… 그러니까 9살의 우리 학급은 그랬다. 남자가 여자에 호감이나 친밀감을 가진다는 것은 부끄럽고 수치심을 가질 만한 것이었다. 왜인지는 몰랐지만 혹여나 그런 모습을 조금이라도 보이는 녀석에게는 계집애라는 낙인과 함께 며칠이고 조롱거리가 되어 버리고 말았다. 그래서 남자아이들 무리는 그들만의 결속력을 다지기 위해 여자애들 고무줄을 끊거나 여자애들의 치마를 과감하게 들춰내곤 했다. 그래야 진정한 남자요 우정 어린 아이로 인정되던 시절이었다. 나 역시 마찬가지였다. 예쁘고 고운 아이일수록 우리들의 행동은 더욱 과격했다. 사소한 말이라도 섞다가 다른 무리에게 걸리는 날에는 그 녀석은 고추를 떼야만 할 것 같은 수치심을 경험하며 종일 놀림거리가 됐다. 선생님이 짝지어 준 짝꿍과 따뜻하게 대화를 하는 것도 남자아이들 무리에서 강제 이탈되는 징계감이었다. 그런데 그 징계를 내가 받을 일이 생기고야 말았다.

평소 학용품을 정갈하게 가지고 다니지 않던 나는 필통엔 연필 두 자루와 지우개만 있었다. 색연필이나 예쁜 필기구를 사는 돈은 어린아이들의 합법적인 도박으로 탕진한 지 오래였다. 그날은 공책에 산수 문제를 풀고 있었다. 모든 아이들이 구구단을 멋지게 외울 적에 나는 그 구구단의 고개를 힘겹게 넘고 있었다. 그러니 두 자릿수의 곱셈은 나에게는 아인슈타인의 상대성 이론을 증명하는 것과 별반 차이가 없었다. 선생님이 곱셈 문제를 칠판에 써놓고 뒷짐을 지며 교실을 돌고 있었다. 그때 선생님은 아이들의 공책을 보며 곱셈을 잘 푸는지 아닌지를 확인하고 있었다. 잘 풀면 고개를 끄덕였지만 못 푸는 아이들에게는 아주 매서운 징벌을 내렸다. 나와 내 친구들 대부분은 매서운 징벌의 대상이 되었던 기억이 난다. 있는 힘을 다해 뺨을 후려치는 징벌 말이다. 나는 그날도 생각 없이 공책에 곱셈 문제를 받아 적고 열심히 푸는 척만 했다. 그러다 보면 시간이 흐를 것이고 선생님은 나를 확인하지 않고 그냥 지나가려니 싶었다.

내 짝꿍은 참 예뻤다. 눈도 컸고 부모님이 사 주신 것으로 보이는 레이스가 달린 예쁜 원피스를 즐겨 입었다. 처음에 나와 짝꿍이 되었을 때는 망국의 한이 얼굴에 서려 있었지만 시간이 갈수록 체념하는 듯 평범하게 지냈다. 공부도 참 잘했다. 그래서 곱셈쯤이야 사랑하는 이에게 편지를 적어 내려가듯 막힘없이 풀어댔다. 그렇지만 나는 문제를 보고 또 보아도 도저히 십 단위가 넘어가면 머릿속에서 수가 맞추어지질 않았다. 손가락을 사용해 봐도 손가락과 발가락이 모두 20개뿐이었으니 죽을 맛이었다. 결국 그날 선생님은 나의 그런 모습을 보았고 내가 문제를 푸는 모습을 보고야 말겠노라고 다짐한 듯 내 곁을 떠나지 않았다. 손에 땀이 쥐어졌고 간담이 서늘했다. 결국 내가 문제를 풀지 못하면 나의 볼은 얼얼하도록 얻어터질 게 분명했기 때문이었다. 그때였다. 내 짝꿍 아이가 끼어들며 나의 문제 푸는 것을 도왔다. 내가 구구단을 안다는 듯 내 공책에 이것저것을 끄적거려 주었고 나의 짝꿍 아이의 지혜로 징벌을 면할 수 있었다. 그런데 문제는 그다음이었다. 나의 친구 무리들이 반 한가운데서 벌어지는 이 로맨틱하고 극적인 상황을 보고야 만 것이었다. 수업이 끝나는 종이 울렸고 그 하이에나들이 내 주위로 몰려들어 일제히 손가락질을 하기 시작했다.

"고추 떼라! 고추 떼라! 넌 계집애야! 왜냐고? 네 짝꿍하고 엄청 다정하니까 말이다!"

"아니야! 난 가만히 있는데 내 짝꿍 아이가 혼자 그런 거라고!"

나는 소리를 높여 말했다.

"고추가 떨어졌나 만져볼까?"

이렇게 말하며 여러 녀석들은 나의 중요 부위를 손으로 만지기 시작했다. 나는 참을 수 없었다. 녀석들이 나의 중요 부위를 만진 다는 사실이 참을 수 없다는 것이 아니라 평소 적대시하던 짝꿍 아이에게 그런 호의를 받고 더 나아가서 이런 놀림감이 된다는 것이 너무나도 수치스러웠다. 증명을 해야만 했다. 나는 여전히 남자 아이들의 무리이며 우리의 우정은 유효하다는 것을 말이다. 나는 남자아이들이 보라는 듯 성큼성큼 내 짝꿍 아이에게로 다가갔다. 뒤로 급작스럽게 다가가서 그 아이의 치마를 보란 듯이 들췄다. 그 순간 그 짝꿍 아이는 비명을 질렀고 주저앉아 울기 시작했다. 그리 고 나는 다시 남자아이 무리 속으로 돌아와 나의 존재 가치를 증명한 데 대한 안도감을 느꼈다. 그런데 나의 무리 속에 다시 들어와서 그 여자아이가 슬퍼하는 모습을 즐기려 해도 평소처럼 마음이 그렇지 않았다. 가슴에 돌덩이를 얹은 것 같은 주체할 수 없는 죄책감이 나의 마음을 짓눌렀다. 그렇지만 나는 무리 속에서 그 죄책감을 표현할 수 없었다. 그랬다간 또 놀림감이 될 것이 분명했기 때문이었다. 다시 수업을 시작하는 종이 울렸고 여전히 내 짝꿍 아이는 눈물을 훔치고 있었다. 그 후에 눈물은 멈췄지만 짝꿍 아이의 눈가의 눈물 자국이 내 마음을 천 갈래 만 갈래로 나누어 놓았다. 그날 내가 생각하는 나는 그랬다.

'나쁜 놈.'

그렇게밖에 말할 수 없었다. 학교가 끝나고 나는 그날 무리들과 함께 하교하지 않았다. 학교 공터 그네에 앉아서 내가 한 짓을 후회하고 또 후회했다. 아무리 시간을 되돌려 보려 해도 그럴 수 없었고 내 짝꿍 아이의 얼굴을 다시 볼 자신이 없었다. 그렇게 책가방보다 더 무거운 마음을 가슴에 넣고 집으로 돌아가려는데 학교 앞 슈퍼마켓에서 무언가를 사고 있는 내 짝꿍 아이를 보았다. 쭈쭈바였다. 아이들이 다 돌아간 후 짝꿍 아이도 혼자였다. 나는 조심스레 짝꿍 아이에게로 다가갔다. 다가는 갔지만 미안하단 말을 할 용기가 나질 않았다. 쭈뼛거리고 있는 나를 본 그 아이는 갑자기 동전 지갑에서 100원짜리 하나를 더 꺼내더니 쭈쭈바를 하나 더 샀다. 그러더니 수업 시간에 보았던 슬픈 표정은 어디 갔는지 보이질 않았고 상냥한 얼굴로 나에게 이리 오라며 손짓을 했다. 나는 알고 있었다. 그 쭈쭈바가 나의 것이란 것을 말이다. 그 여자아이는 따뜻하고 예쁜 얼굴로 나에게 쭈쭈바를 건넸다. 나는 멈칫거리다 받아 들고는 얼른 입으로 넣었다. 약속한 것처럼 우리는 나란히 걸었다. 나는 알았다. 이 아이는 그처럼 악독한 짓을 한 나를 용서할 뿐 아니라 수업 시간에 베푼 호의보다 더 크고 따뜻한 호의를 베풀기로 한 것을 말이다. 마음이 너무 따뜻했다. 내가 용서해달라고 말하기 전 이미 용서하며 따뜻함을 베푼 그 짝꿍 아이의 마음이 느껴져 포근함이 온몸을 감쌌다. 나는 미안하단 말을 하지 않기로 했다. 그리고 그냥 내 짝꿍 아이가 베푼 용서를 마음껏 누리기로 했다. 정말 달콤했다. 그 여자아이의 마음인지 쭈쭈바인지 몰랐지만 너무 달콤했다. 나는 나란히 걸으며 다른 말로 이야기를 시작했다.

"너 구구단은 다 외우는 거야"

13

현대인

현대인은 나이를 지긋이 먹었다. 건설 현장에서 막노동을 한 세월이 꽤 오래됐으니 그의 나이에는 막노동의 세월이 담겨 있다. 청년이 돼서부터 오늘 당장 살 돈이 필요했기 때문에 시작한 일이었지만 당장 필요한 돈을 충당하기에 좋은 일은 이만한 것이 없었다. 오늘도 이른 아침부터 벽돌을 허리에 들어 나르고 모래를 퍼 나른 현대인의 몸이 무척이나 뻐근하고 곤고하다. 때때로 드럼통에 피워놓은 모닥불에 몸을 녹이기도 했지만 그것보다 더 좋은 것이 있었다. 바로 소주였다. 오후가 되면서부터 목으로 넘기는 소주의 맛이 더욱 간절해진다. 조금만 더 일을 한 뒤 일당을 받고 퇴근을 하면 소주를 먹을 수 있기 때문이다. 현대인의 일당은 15만 원이었다. 현대인의 마음에 그 돈은 꽤나 묵직하고 덩치가 컸다. 소개비로 1만 5천 원을 제했지만 그래도 좋았다. 너무 묵직한 나머지 일당을 받을 때면 늘 기분이 좋았다. 흰 봉투 속에 지폐가 보이면 그 돈은 그날의 피로를 멀리 달아나게 만들었다.

현대인은 힘이 빠질 대로 빠져버린 다리를 작업화와 함께 끌며 역사 앞 허름하고 낡은 포장마차로 향한다. 그 시간이 되면 또 다른 하루를 시작하는 상쾌한 마음이 현대인의 마음속에 찾아든다. 자신에게 주어진 돈은 7천 원이다. 소주 한 병 3천5백 원에 매운 떡볶이가 3천5백 원이니 그 돈이면 퇴근 후의 호사를 누릴 수 있다. 그 시간만큼은 현대인은 세상 그 누구도 부럽지 않았다. 노동을 제공하는 사람 입장에서 노동을 제공받는 자로 역전이 되는 유쾌한 시간이다. 다만 아쉬운 것은 술잔을 마주할 동료가 없다는 것인데 그럴 때면 현대인은 친구보다 더 친구 같은 스마트폰을 열고 인터넷에서 찾아볼 수 있는 흘러간 노래나 영상들을 찾아보며 마음속 깊이 감춰놓았던 옛날의 감정들을 마주했다. 이내 취기가 오르기 시작하면 그때의 감정들이 더욱더 반가워진다. 그럴 땐 조금씩 병에서 줄어가는 소주가 아깝기 그지없었다. 술병에서 술이 줄어가는 것이 아쉬워 한 병을 더 시킬까 하다가도 이내 한 병을 추가로 다 마셔버리면 골이 아파 감당할 수가 없었다. 그리고 거기서 한 병을 더 마셔버리면 현대인의 집사람에게 못 할 일을 해 버리기 때문에 그렇지도 못했다. 계산을 치르고 나면 아직도 주머니에는 12만 8천 원이 있다. 아직도 주머니 속 돈이 묵직하여 기분이 좋기만 하다. 현대인은 그 돈을 집사람에게 고스란히 가져다준다. 한 번도 어긴 적이 없었다. 그렇게 집사람에게 가져다주면 집사람은 둘이 지내는 단칸방 월세를 다른 봉투에 모은다. 그리고 시장에서 찬을 사다가 아침과 저녁에 먹을 현대인의 밥을 차린다. 그렇게 시계가 태엽을 맞물리는 것처럼 돈이 태엽처럼 맞물리는 세월들을 산 지가 꽤나 오래되었다.

현대인과 집사람이 나이가 있는 만큼 병원비가 드는 경우가 종종 있었는데 그때는 만들어 놓고 절대 사용하지 않기로 한 신용카드를 쓰는 날이었다. 그렇게 한 번씩 신용카드를 사용하고 나면 둘은 허리를 바짝 졸라야만 했다. 그렇게 얼마를 지나고 나면 다시 하루를 숨 쉬고 살 수가 있었다. 다행히도 두 사람을 빚더미에 올려놓을 만큼의 병원비는 살면서 아직 생기지 않았고 큰돈이 들어갈 사고도 일어나지 않았다.

그런 현대인의 가장 행복한 시간은 포장마차 안에서였다. 소주가 한 잔 몸속을 비집고 들어가고 또 한 잔 비집고 들어가 취기가 오르면 나이가 지긋이 든 현대인도 상상의 나래를 마음껏 펼칠 수 있었다. 술이 현대인을 기분 좋게 만들어 주면 현대인은 옛 생각을 하곤 했다. 집사람이 아름다운 처녀였고 현대인 스스로가 패기 넘치는 청년이었을 때를 말이다. 그 어린 남녀의 사랑의 감정을 끄집어내 마음의 혀에 넣고 음미를 하면 그보다 좋을 수는 없었다. 다른 즐거운 상상의 종류는 현대인도 이 나라의 국민으로서 정치적 소견을 가지고 나쁜 정치인들을 마음껏 욕할 수 있다는 것이었다.

그때만큼은 현대인도 저 번듯한 직업을 가진 사람들과 어깨를 나란히 한 듯싶었다. 때로는 상상 속에서 멋진 사장님이 되어 직원들 앞에 넥타이를 매고 직원들의 사기를 북돋아 주는 근사한 생각을 하기도 했다. 그런 삶을 산다면 신용카드를 장롱 속에 숨겨 두고 한숨 졸이며 살지 않아도 된다는 생각을 따라서 하게 되었다. 하지만 현대인은 그 꿈은 너무 멀리 있고 이루려면 지나온 세월이 있기에 어렵다는 것을 알고 이내 취기 가운데서도 털어버리고 만다. 그러면 다른 근사한 상상을 대신하고는 했다. 바로 공사 현장의 관리소장이 되어보는 상상이었다. 일당 아닌 월급을 받았고 근사한 집과 가정이 있으며 올바르게 커주는 자녀들이 있었다. 그 관리소장은 직장에서는 혀의 매서운 채찍은 언제고 내려쳤지만 아마 가정에서는 꿀보다 달콤한 말을 아내와 자녀들에게 할 것이리라. 취기가 두통으로 바뀔 때쯤 소주는 이내 동이 난다. 한 병만 더 마시면 더 좋은 상상의 나래를 펼칠 것 같지만 그 기쁨도 집사람과의 약속을 위해 떨쳐버린다.

다시 일어나 계산을 하고 묵직한 돈을 작업복 속에 넣고 길을 걷는다. 다리에 힘이 풀려 작업화를 신고 걷는데 유독 작업화 끌리는 소리가 크게 들려 내려다보니 작업화가 가볍다. 밑창이 떨어졌다. 작고 깊은 바늘 같은 근심이 현대인의 마음속으로 들어온다.

'작업화를 사려면 신용카드로 사야 하나?'

14

자랑

손바닥에 자꾸 땀이 고여 오락기 버튼을 눌러도 손이 계속 미끄러진다. 방향을 똑바로 가야 하는데 긴장돼서 스틱을 놓치기도 마찬가지다. 오늘 끝판 대장만 잡으면 새로운 기록을 세울 수 있었다. 그런 소년의 마음은 뛰고 또 뛰었다. 알 수 없는 희열이 소년의 가슴속을 파고들었고 주위를 둘러싸고 있는 아이들의 기대감에 어깨가 무거웠지만 그 또한 기분이 좋았다. 오락을 할 때만은 소년은 모든 걸 잊을 수 있었다. 한글을 잘 읽을 줄 몰라 당하는 반 아이들의 조롱도 잊을 수 있었고 점심에 다 같이 도시락을 뚜껑을 열 적에 반찬이 늘 김치라서 아이들이 보내는 경멸의 눈초리도 잊을 수 있었다. 오락을 할 때만은 소년은 자신이 세상에서 최고라는 생각을 놓지 않았다. 소년을 둘러싼 아이들 모두가 소년을 우러러보는 시간이었다. 무엇보다도 잊을 수 있는 가장 큰 걱정거리는 아버지의 불룩 나온 배였다. 소년의 아버지는 간암이었다. 살 가망이 없었고 가족들 또한 그렇게 받아들였다. 살리려 한들 살릴 돈이야

진즉에 없었다. 12살의 소년은 그 사실이 숨 못 쉬게 고통스러웠다. 집에 돌아가면 늘 어두운 색이 집안 곳곳에 가득했다. 아버지는 말할 것도 없었고 아버지의 수발을 드는 어머니의 얼굴에도 어두움이 가득했다.

"저녁밥 때가 되면 밥을 먹어야지! 또 오락실을 갔었구나!"

오락실에서 기분 좋게 돌아오면 어머니가 마음에 있는 대로 짜증을 쥐어 짜내어 내뱉는 핀잔이었다. 그런 핀잔에도 소년의 마음은 굳어질 대로 굳어져 그런 어머니의 핀잔이 두렵게 되지 않은 지 오래였다. 살색이 검은 도화지처럼 변해 버린 아버지가 누워 있었다. 팔뚝의 피부 위로는 주삿바늘이 들어가 있었고 노란색 액체가 봉지에 담기어져 한 방울씩 떨어지고 있었다. 그 액체는 소년의 아버지를 살리는 액체는 아니었다. 소년도 알았다. 저 액체로는 아버지를 살릴 수 없으며 저 액체를 아무리 몸에 넣어도 아버지는 때가 되면 가야 한다는 것을 말이다. 소년은 애써 그날을 생각하지 않았다. 그리고 그날을 생각하지 않고 또 미뤄지리라는 막연한 기대감으로 오락실에 들락거렸다. 소년의 어머니는 TV 너머 차려진 밥상 위로 밥을 한 공기 얼른 떠서 상위로 올렸다.

"얼른 먹어라… 식기 전에…"

소년은 어머니의 목소리 속에서… 비록 쥐어 짜내는 말이었지만 그래도 소년을 향한 사랑이 남아 있다는 사실을 알 수 있었다. 그 사실이 굳어질 대로 굳어져 버린 소년의 마음에 한줄기 비와도 같았다. 소년은 아버지 앞에서 밥을 먹는 것을 싫어했다. 냄새 때문이었다. 아버지는 화장실을 갈 수 없었다. 그냥 있는 자리에서 똥오줌을 받아냈다. 그리고 그 냄새보다 더 고약했던 냄새는 몸에서 나는 냄새였다. 무엇으로도 설명할 수 없는 고약한 냄새 말이다. 아버지가 병을 앓고 난 뒤로부터 그 냄새는 날이 갈수록 심해졌다. 하지만 소년이 할 수 있는 일이라고는 아버지 앞에서 무덤덤하게 있는 밥을 목으로 넘기는 것이었다. 그게 그나마 소년이 아버지를 위해 할 수 있는 일이었다. 그렇게 저녁밥을 욕지기를 참아가며 다 먹고 난 소년은 오늘도 끝판 대장을 이기지 못한 분한 마음을 떠올렸다.

'끝판 대장을 이겼으면 오늘 저녁에 마음이 좀 더 편안했을 텐데….'

끝판 대장을 이기고 돌아왔으면 집안에 차오르는 우울한 기운을 소년은 이길 수 있을 거라 생각했다. 하지만 오늘도 소년은 끝판 대장을 이기지 못했다. 그렇지만 그 동네에서 어떤 아이들도 끝판 대장을 이긴 일이 없었다. 아버지의 고약한 냄새를 맡으며 누워 잠을 청하는 소년은 내일을 기약하며 끝판 대장을 꼭 이기리라 다짐하고 다짐했다. 소년은 날이 밝자 졸음에 허덕이면서 아버지의 소변을 받아내고 있는 어머니를 보았다. 오늘도 시선이 다른 곳으로 향하고 있는 어머니를 확인한 뒤 옆 방 어머니 화장대 서랍을 열어 거기에 있는 동전들을 확인하고 하나를 슬쩍 집어 들고 주머니에 재빨리 넣었다. 소년은 학교로 향하며 자신의 옷에서 냄새가 안 나는가 하며 킁킁거렸다. 그렇게 학교를 가며 소년은 오늘은 끝판 대장을 이기리라 다짐했다.

'끝판 대장을 이기면 반드시 아버지에게 알려 줄 거야! 그래서 나도 잘하는 게 있다고 자랑할 거야! 우리 동네 애들보다 더 잘하는 게 있다고 말을 할 거야!'

그랬다. 소년은 아무리 생각해도 아버지를 기쁘게 해 줄 만한 것이 없었다. 한글은 5학년이 되도록 잘 읽지를 못했고 싸움도 시원찮았다. 하지만 소년은 오락으로 누구도 이겨본 적이 없는 끝판 대장을 이기면 아버지에게 그래도 내가 잘하는 게 있노라고 자랑할 수 있을 것만 같았다. 학교가 끝나고 돌아오는 길에 여지없이 오락실로 들어갔다. 마음을 가다듬고 오늘은 꼭 끝판 대장을 잡겠노라고 다짐하며 훔쳐 온 동전을 오락기 속으로 밀어 넣었다. 늘 여느 때와 같이 끝판 대장을 마주했다. 비장한 마음을 가지고 공격적으로 달려들어 보지만 이기고자 하는 마음이 앞서다 보니 평정심을 잃어 손에 자꾸 땀이 나서 보턴을 놓치고 스틱을 놓치다 보니 어제와 같은 실수를 반복하고 말았다. 그렇게 끝판 대장에게 패배를 또다시 경험하자 이른 아침에 엄마의 화장대에 훔친 동전으로 인해 패배의식과 죄책감이 소년의 마음으로 동시에 밀고 들어왔다. 집으로 돌아가는 길이 유난히도 멀다고 소년은 느꼈다. 아니다. 소년은 이 길이 계속돼도 좋으니 집으로 돌아가지 않아도 좋다고 생각했다. 그렇지만 멀고도 먼 길에 결국 집이 기다리고 있었고 어제보다 더 어두워진 아버지가 기다리고 있었다.

"아버지! 엄마는 어디 갔어?"

아버지에게 좀처럼 말을 걸지 않는 소년이 물었다.

"장에…."

가쁜 숨을 몰아쉬며 아버지가 대답했다.

"오늘은 끝판 대장을 이길 수 있었는데…."

소년은 이 말을 무심결에 하고도 스스로 자지러지게 놀랐다. 끝판 대장을 이기지 못했다는 하지 않아도 되는 말을 아쉬움에 자기도 모르게 내뱉은 것이었다.

"끝판 대장?"

아버지가 가쁜 숨 너머로 호기심을 드러내며 물었다.

"응! 새로 나온 오락이 있는데 엄청 어려운 게임이야! 근데 끝판 간 사람은 우리 동네하고 우리 반에서 아직 나뿐이야!"

소년은 될 대로 되라며 곧이곧대로 이야기를 해버렸다. 그 이야기를 들은 아버지의 침묵이 잠시 흘렀다.

"한 번 하는데 얼마인데?"

여전히 호기심을 감추지 못한 아버지가 물었다.

"응! 백 원."

어쩌면 아버지가 동전 몇 개를 줄지도 모른다는 사실에 기대감을 감추지 못했다. 그리고 소년의 기대감은 들어맞았다. 거동을 펴소 못 하는 아버지가 있는 힘을 다해 몸을 일으켰다. 그리고는 수액이 걸려 있는 옷걸이에서 바지 주머니를 뒤지기 시작했다. 그러더니 백 원짜리보다 큰 은빛 동전을 꺼내 보였다.

"이거면 되냐?"

오백 원짜리 동전이었다. 그보다 더 기쁜 건 동전을 건네며 보이는 아버지의 미소였다. 소년은 잽싸게 동전을 낚아채며 말했다.

"아빠! 내가 얼른 오락실 가서 끝판 대장 이기고 올게!"

말을 전하기 무섭게 소년은 동네 오락실로 달렸다. 오락실로 들어가니 동네 아이들이며 반 아이들이 오락실 안에 가득했다. 약속이라도 한 듯 소년이 좋아하는 오락기는 비어 있었으며 소년이 그자리에 앉자 보란 듯이 아이들이 둘러싸기 시작했다. 소년의 마음가짐은 여느 때와 달랐다. 오늘은 반드시 이기리라는 무한한 희망이 소년의 가슴을 쿵쾅거리게 만들었다. 주위 구경꾼 아이들도 일심동체가 되어 소년을 응원하기 시작했다. 그 자리의 아이들 모두가 한마음이 되어 하는 응원이 오늘도 다시 소년을 끝판 대장 앞으로 이끌었다. 원수와도 같은 끝판 대장이 다시 오늘 소년을 만나기 위해 나타났다. 소년은 양 손바닥을 쭈욱 펴고 바지에 문질러 땀을 닦아냈다. 그곳 아이들의 호흡 전부가 소년의 마음으로 들어갔다. 소년은 평소 느껴보지 못한 우쭐한 마음이 내내 마음속으로 맴돌았다. 그 우쭐한 마음이 소년은 나쁘지 않았다. 그리고 그 우쭐한 마음에 끝판 대장이 눌렸는지 기대와 다르게 힘없이 소년의 보턴에 끝내 나가떨어졌다. 드디어 끝판 대장을 이겨버린 것이다. 일제히 박수가 터져 나왔고 아이들은 동경의 눈으로 소년의 몸을 어루만졌다. 그 환희를 느끼다가 소년은 이 소식을 문득 아버지에게 알려야겠다는 생각이 들었다. 자리를 박차고 오락실에서 뛰어나와 소년은 온갖 기쁜 상상을 했다. 소년도 잘하는 게 있노라고 아버지에게 자랑할 수 있다는 생각에 가슴이 주체할 수 없이 뛰었다. 그렇게도 멀게 느껴지길 바랐던 길이 단숨에 내달리도록 짧기만 하다. 적어도 오늘 저녁밥은 냄새가 나도 아버지에게 자랑을 늘어놓으며 맛있게 먹을 수도 있다는 생각에 기쁘기만 하다. 소년은 달리고 또 달렸다. 드디어 저 멀리 소년의 집이 보인다. 그리고 전에 보지 못했던 밝은 물체도 보였다. 소년의 몸 반만 한 한자가 적힌 노란색 등불이 밝게 빛을 내며 소년의 집 문 앞에 걸려있었다.

15

Drunken bike

5살 어린이의 마음속에 불안감이 차오르기 시작했다. 손끝에서부터 찌릿하며 발현하여 올라오기 시작한 불안감은 이내 어린이의 마음속까지 쥐어짜기 시작한다. 곧이어 마음은 경직되고 만다. 어린이의 아버지는 술을 먹고 있었다. 기분은 흥이 한참 올라 보였고 얼굴은 발그레했다. 기분 좋은 말들을 주위 사람들에게 쏟아내고 있었다. 말의 문장이 끝날 때마다 어린이의 아버지는 벌컥거리며 1회용 플라스틱 컵에 담긴 맑고 투명한 소주를 들이켰다. 주체할 수 없이 소주를 마실 적마다 그것을 바라보는 어린이의 마음은 더 불안해졌다. 어린이는 알고 있었다. 소주를 마시면 기분이 좋아지지만 저 기분 좋은 마음 안에 커지는 분노도 같이 있다는 것을 말이다. 어린이의 아버지는 항상 어딘가 먼 거리를 이동할 적에는 자전거를 타고 다녔다. 그리고 어린이도 그 자전거에 항상 아버지와 붙어 있었다. 어린이의 머릿속에는 계산이 서기 시작했다.

'아버지가 잔뜩 술에 취해 운전하는 자전거를 나도 타겠구나!'

그래서 불안했었다. 어린이는 생각했다. 누군가 나타나서 이 불안한 상황에서 구해 주길 말이다. 하지만 그런 일은 없었다. 어린이의 기억에는 몇 번이고 겁에 질려 곡예하듯 그 자전거를 얻어탔던 기억이 있었다. 아버지가 술에 취해 갈수록 해는 기울었고 해가 기울수록 아버지는 온전한 걸음을 걸을 수 없었다. 때때로 어린이는 불안감을 달래보고 위로하려고 어른들의 안주를 집어 먹긴 했지만 너무 큰 불안감에 사로잡혀 그걸 먹을 식욕조차 없었다. 이럴 바에야 아침이 오도록 어른들의 술자리가 끝나지 않길 바랐다. 술자리의 뜨거웠던 온기가 다 식어버리고 어른들이 서로 헤어질 때쯤, 어린이의 불안감은 극에 달했다. 아버지는 굉장히 비틀거리며 겨우 걷는 걸음으로 자전거를 잡았다. 술에 가득 취했는지 곧장 운전할 생각을 하지 않고 자전거를 끌고 힘겹게 걷기 시작했다. 어린이도 멀찍이 따라 걸었다. 아버지도 휘청거렸고 자전거도 따라 휘청거렸다.

'내가 저기 올라타야 하는구나!'

어린이는 생각했다. 부정하거나 피한다고 될 일이 아니었다. 다만 바라기는 아버지가 취한 걸음으로 집에까지 걸어가길 바란다는 것이었다. 하지만 그렇게 걷기에는 집이 너무 멀었다. 마을 어귀를 벗어나 신작로에 이르렀다. 초겨울이라 바람이 찼고 해가 노을을 보였다. 애석하게도 신작로에 이르자 바람을 가르고 쌩쌩거리며 달리는 차가 많아졌다. 두려웠다. 아버지가 갑자기 멈춰 서더니 몸을 비틀거리며 땅바닥을 물끄러미 오랫동안 바라본다. 그러더니 고개를 휙! 들며 어린이를 쳐다보았다.

"앞으로 타!"

아버지의 말이 떨어졌다. 어린이의 자리는 정해져 있었다. 자전거의 핸들 쪽에 있는 앞자리였다. 그곳엔 어린이 전용 안장이 마련돼 있었고 그 안장은 제법 앙증맞았다. 그런데 그 상황에서 앙증맞은 자전거 안장은 어린이에게 두려움의 대상이 돼 버렸다. 어린이는 두려웠고 또한 망설였다. 아버지는 자전거를 붙들고 몸을 못 가누며 비틀거렸다.

"얼른 타!"

별안간 인상을 쓰며 아버지가 취기에 소리쳤다. 어린이는 겁에 질려 자전거로 다가갔다. 그 순간만큼은 자전거보다 아버지의 고함이 더 무서웠다. 겁에 질려 오만상을 쓰며 자전거에 올라타려 했

지만 겁에 질려 몸에 힘이 들어가질 않았고 더욱이 키가 작아 안
장에 오를 수 없었다. 그 모습을 본 아버지가 비틀거리며 어린이
를 안아서 안장에 앉혔다. 공중으로 번쩍 들리는 순간 공포가 온몸
을 감쌌다. 공포로 내던져지는 순간이었다. 자전거가 바람에 부들
부들 떨리는 것이 온몸에 느껴졌다. 아버지가 자전거를 끌기 시작
했다. 휘청거리는 느낌이 그 작은 어린이의 온몸으로 들어왔다. 이
내 아버지가 자전거에 오르며 페달을 밟았다. 자전거가 갈 지(之)
자를 그리며 움직이기 시작했다. 어린이는 고작 5살에 불과했지만
이대로 가다간 자기는 물론 아버지도 죽는다는 생각이 직감적으
로 들었다. 옆으로는 덤프트럭이 빵! 소리를 내며 달렸다. 어린이
는 더 이상 공포를 참지 못하고 울음을 터트렸다.

"아버지! 이러다 죽어!"

살고 싶었던 어린이는 눈물을 흘리며 소리쳤다. 그러나 자전거
는 멈추지 않았다. 매정한 건지 고집이 강했던 건지 몰랐지만 아버
지는 아랑곳하지 않고 휘청거리며 자전거를 몰았다. 죽음의 공포
가 매 순간 몰려왔다. 그렇게 얼마를 가지 못하고 자전거는 담벼
락을 들이받으며 큰 충격을 어린이의 몸에 안긴 채로 멈췄다. 어
린이의 고사리 같은 손… 그 손가락은 벽에 부딪히며 자전거 쇳덩
이 끼어 손톱에 피멍이 들고 말았다. 어린이는 손가락이 너무 아팠

다. 비명을 내지르며 울고 소리쳤다. 손가락이 아파서도였지만 그런 아버지… 술에 취해 어린이의 의견을 받아들이지 않는 것은 물론이거니와 인사불성이 되어 자식을 돌볼 줄 모르는 아버지가 너무 미웠고 그런 자신이 5살이라는 것이 너무 슬펐다. 어린이는 그날 알았다. 5살의 어린이도 그런 슬픈 모양의 신세한탄을 할 수 있다는 것을 말이다.

그때 어린이의 기억을 빌려보자면 자꾸만 나는 웃음이 난다. 이 것을 감정적 실금이라고 표현하는 것이 옳을 것 같다. 슬픔과 안타까움, 그리고 분노가 극에 달해 나오는 웃음 말이다. 자신을 돌볼 줄 모르는 아버지와 생명의 위협을 느끼는 자전거를 타고 차들이 달리는 도로를 달리는 자전거… 그것이 휘청거릴 때 느껴지는 공포가 애석하지만 나는 자꾸 웃음이 난다. 심지어 웃음을 멈출 수 없을 지경이다. 그런데 이렇게 커버리고 또 커버린 내가 어느 순간부터 그날의 아버지를 다시 보기 시작했다. 5살 난 아들을 자전거에 왜 그렇게 악착같이 태우고 싶어 했을까? 아버지의 이기심을 이해하려고 생각을 해보기 시작했다. 이기심이라고 딱히 말할 수밖에 없는 그 아버지의 감정을 이해하려고 노력한다. 물론 그럴 필요는 없지만 말이다. 그 이해는 이것이었다.

'그래도 그는 아들과 함께 있고 싶었나 보다!'

'그렇게라도 자신이 아버지라는 기분을 크게 한번 내보고 싶었나 보다!'

'삶은 힘들지만 오늘은 친구들과 기분 좋게 술을 먹었고… 돌아갈 집이라고 부르기도 뭐한 단칸방이 있고 그리고 무엇보다 이 세상에서 가장 사랑스러운 아들 녀석이 내 자전거에 같이 타고 있으니 이보다 더 기쁜 일이 어디 있는가?'

이렇게 자신의 소박한 이기심을 가질 수밖에 없는 아버지를 이해하려 한다. 왜냐하면 나도 언젠가 아버지가 되었을 때 나의 사랑하는 누군가를 향해 소박한 이기심을 부릴지도 모르기 때문이다. 이젠 나는 그만큼 커버렸다. 사랑하는 누군가의 소박한 이기심을 이해할 만큼 말이다.

16

정복자 피터

피터는 가난했다. 나 역시 가난했다. 그렇지만 피터는 더 가난했다. 나의 유년의 기억을 의존해 보자면 나는 도시락 정도는 빼놓지 않고 먹을 수는 있었다. 하지만 피터는 1개의 도시락으로 피터의 형과 소유권을 두고 다투었던 기억이 난다. 자전거를 타고 학교로 향하던 피터의 형이 피터의 손에 들려있던 도시락 가방을 낚아채며 '이것은 나의 것이며 내 차례의 도시락'이라고 피터에게 윽박지르며 그것을 자전거에 실은 채로 유유히 떠나던 기억이 난다. 화가 나서 얼굴이 붉어졌지만 피터는 분을 삭이며 그렇게 형에게 도시락을 어쩔 수 없이 건넸던 기억이 난다. 그렇게 피터는 가난했다. 피터는 1980년생 원숭이띠였고 난 1981년생 닭띠였다. 그렇지만 피터는 가정 사정으로 학교를 두 학년 늦게 입학할 수밖에 없었고 아무런 저항 없이 피터는 나와 내 친구들에게 형이라 불렀다. 피터의 머리에는 이가 있었으며 항상 먹지 못해 수척했고 눈에는 약간의 황달까지 있었다. 그런 피터를 나와 내 친구들은 사랑했고 가까이했다. 그런 피터가 가끔 바지를 입은 모습을 보고 있으면 난 억지로 웃음을 참고는 했다. 이유는 피터의 바지는 때때로 발목의 복숭아뼈가 다 보이도록 통이 좁고 짧았기 때문이었다. 그런 꽉 끼는 바지를 입은 채로 피터는 아무 거리낌 없이 거리를 활보하고 다녔으며 우리와 활기차게 놀기도 했다.

하루는 피터의 벽돌공장에 놀러 갔었다. 피터의 아버지는 벽돌공장을 운영했다. 운영했다기보다 아마 가장 높은 관리인이었을 것이다. 인부들을 위한 간식시간이 다가오면 피터는 '사발면'을 준비하곤 했다. 탐스러워 보이는 '사발면' 박스가 피터네 생활하는 건물 주방에 놓여 있었다. 라면이 매우 진귀하던 시절이었다. 나에게는 말이다. 라면을 한번 먹으려 치면 적어도 나에게는 그날은 매우 특별한 날이어야만 했기 때문이었다. 그런 진귀한 라면을 피터는 물을 끓여가며 준비하고 있었다. 피터는 먹고 싶은 충동을 억지로 참아가며 라면을 준비했다. 라면 박스가 놓여 있었지만 그중에 피터의 몫은 없었다. 물이 끓여지는 소리 가운데 피터는 자신의 몫이 없음을 재차 확인하고 인부들의 라면에 몰래 손을 대기 시작했다. 끓인 물을 넣기 전의 아직 단단한 라면을 손으로 떼어 먹기 시작했다. 10개 정도 놓여 있었으니 지우개 크기만큼만 떼어먹어도 요기는 될 성싶었다. 피터는 몇 번 라면을 떼어 먹더니 나에게도 수프를 바른 한 조각을 권했다. 나는 그 달콤한 유혹을 거절하지 못했다. 입에 넣고 우적우적 씹어댔다. 그런 방식으로 간식을 스스로에게 조달할 만큼 피터의 형편은 가난했다.

1991년의 초겨울 즈음이었다. 반에서 가난하게 사는 아이들을 조사하게 시작했다. 그걸 조사하는 사람들은 담임선생님과 반장 아이였고 그들의 조사 대상인 나와 반 친구들은 금세 그들 눈 안에 들게 되었다. 유년의 기억을 의존해 보자면 학교에서 이례적으로 자선행사가 있었던 것으로 기억된다. 그 자선의 대상은 나와 반의 몇몇 친구들이었다. 담임선생님은 나와 내 친구들을 모아 학교의 어느 점잖아 보이는 공간으로 데려갔다. 멋진 소파들이 놓여 있었고 근사한 커튼들이 쳐져 있었다. 그곳으로 들어가니 그들이 판단하는 학교의 모든 가난한 아이들이 모여 있었다. 남자아이 여자아이 할 것 없이 다들 무리를 지어 친한 아이들은 서로 손을 잡고 무슨 일이 생길지 기대하는 마음으로 이야기를 나누었고 혼자 온 아이들은 말 붙일 곳이 없어 그냥 우두커니 서 있었다. 그 무리 안에는 '피터'도 있었다. 마을이 아닌 학교에서 사적으로 만난 피터는 더욱더 반가웠다. 피터와 나는 서로 몸을 밀치며 장난을 치기 시작했고 서로 깔깔거리며 웃어댔다. 하지만 이내 그곳을 담당하는 선생님으로부터 지적을 당해 즐거운 장난을 그만둬야만 했다. 잠시 후 학교 직원으로 보이지 않는 어른들이 큰 박스를 몇 개 들고 그곳으로 들어왔다. 무거운 박스를 들고 거친 숨을 몰아쉬던 기억이 난다. 일렬로 그 박스를 놓고 아이들 앞에서 그 박스를 펼쳤다. '옷'이었다. 정확히 말해 겨울용 점퍼였고 보라색과 형광색의 그것이었다. 슬쩍 만져보니 솜으로 된 점퍼였다. 이내 머릿속에 계산이 들기 시작했다. '저것은 나와 피터 것이 곧 되겠구나!'라는 생각 말이다. 일렬로 박스를 놓아둔 이유는 사이즈 별로 구분해 둔 것이었고 그곳을 담당하던 선생님들은 우리들을 몸의 크기에 맞게 그 박스 앞으로 세웠다. 색의 구분이 없이 그 점퍼가 사이즈대로 남자와 여자아이에게 지급되었다. 그리고 다들 선생님의 지시에 따라 그 옷을 입기 시작했다. 이내 그곳은 다시 한 번 와자지껄하는 소리로 차기 시작했고 그것은 분명히 행복한 기운임이 틀림없었다. 피터는 형광색 점퍼를 지급받았고 나는 보라색 점퍼를 지급받았다. 그렇게 풍성한 마음… 즉, 무언가를 노력 없이 풍성히 소유를 했다는 그 마음을 가지고 우리는 각자의 학급으로 돌아왔다.

며칠이 지나 학교에서는 같은 종류의 옷을 입은 아이들이 눈에 제법 띄었다. 그리고 나와 그들 스스로들은 '우리가 왜 이 옷을 지급받고 입고 다니는지'를 정확히 알고 있었다. 그것이 만약 부끄러움이 되었다면 학교에서 보이는 그 보라색과 형광색의 옷가지는 점점 줄었겠지만 그렇지 않았다. 난 열심히 만족을 느끼며 따뜻하게 그 보라색 점퍼를 입었고 피터 또한 어디를 가든 그 점퍼와 함께였다. 가끔 읍내를 나가면 멀리서 그 점퍼를 입고 있는 다른 아이들을 발견하곤 했다. 우리는 멀리서 서로의 눈길을 교감하며 묘한 유대감을 형성하기도 했다.

'너도? 나도!'

계절이 그렇게 지나고 겨울이 지나 봄을 맞을 때쯤 나는 그 옷을 세탁하여 옷장으로 넣었다. 하지만 피터는 봄이 이미 와 버리고 추위가 완전히 가신 다음에도 그 옷과 함께했다. 그리고 피터는 겨우 내내 그 옷을 단 한 번도 세탁하지 않았다. 그리고 마지막으로 기억을 의존해 보자면 그때 거대하고 강력해 보였던 가난은 나와 피터와 그 옷을 입었던 아이들의 마음을 지배하고 정복하지 못했다. 우리의 겨울은 그 옷을 입고 가난과 결핍을 정복했던 겨울이었다. 그렇게 나와 피터 그리고 우리는 가난이라는 걸 위대하게 정복해 본 적이 있다.

17

싸구려 시계

싸구려 시계를 선물 받은 적이 있다. 그것은 전자시계였고 당시 유행하던 TV 외화 제목을 주제로 한 시계였다. 초등학교 저학년 이었던 나는 그 시계 모양이 지극히 촌스러웠지만 그런 것은 개의 치 않고 나만의 소유물이 생겼다는 사실에 설렜고 설렜다. 그 시계 를 선물한 사람은 우리 아버지였다. 아버지는 직업이 일정하지 않 았다. 내가 기억하는 아버지의 직장은 쇠를 깎는 밀링이라는 일을 하는 곳이었고 그런 곳마저 의지를 가지고 오랫동안 머무르지 않 았다. 아버지가 한 직장에 오래 머무르는 생활을 할 수 없었던 직 접적인 이유는 술 때문이었다. 그 술이 아버지를 근면 성실하게 만 들지 못했다. 아버지를 가난하게 만들었고 덩달아 나까지 가난하 게 만들었다. 그런 아버지가 웬일인지 나에게 어느 날 시계를 선물 했다. 이제 생각해 보지만 장날이면 길에서 널어놓고 파는 시계 같 은 것이었다. 새파란 원색에다가 시간을 맞추는 버튼은 두 개가 전 부였고 누르면 삑삑 하는 소리가 났었다. 시계의 크기는 백 원짜리 동전만 했다. 그 전자시계를 차고 있노라면 그 시계에 디자인되어 그려져 있는 TV 외화의 주인공이 된 기분이었다. 그래서 하루에도 몇 번이고 그 시계를 쳐다보았다. 아마도 아버지는 그렇게도 사랑하는 소주를 사 먹는 값을 아껴서 그 시계를 장만했으리라! 아들을 위해서라면 소주야 한 번쯤은 안 먹어도 된다는 기쁨이 그의 마음을 가득 채웠으리라! 그 설렘을 가지고 그는 나를 만나 나에게 시계를 건넸다. 생전 가야 선물이란 걸 부모에게서 좀처럼 받아 본 적 없던 나는 그 기분이 마냥 좋지만은 않았다. 정확히 말하면 그 것을 소유하게 되는 순간은 불편했다고 하는 말이 옳았을 것이다.

아버지는 시계가 없었다. 직장을 다니지 않아도 나에게는 직장을 다니는 아버지처럼 보이기 위해 전 직장의 작업복을 입고 다녔던 것 같았다. 그런 근무복의 아버지 팔에는 시계가 없었다. 그리고 아버지의 근무복에서는 석유 냄새가 나곤 했다. 길을 가다가 다른 아저씨 품에서 그 기름 냄새를 맡게 되면 아버지를 상고하곤 했다.

나의 손목에는 시계가 있었지만 아버지의 팔에는 시계가 없다는 사실이 나에게 어느 순간부터 불안으로 다가오기 시작했다. 직장은 진짜로 없지만 늘 거짓으로 입고 다니는 저 작업복을 착용한 팔 위로 시계가 한 개 묶여 있다면 아버지는 좀 더 그럴듯한 직장인으로 보일 것이 분명했다. 설사 직장이 없더라도 말이다. 나에게는 좀 더 근사한 아버지로 보였을 것이다. 그러던 어느 날 학교 앞 문방구에서 나의 손목시계보다 더 멋지고 근사한 손목시계가 걸렸다. 그 시계를 얻는 방법은 이랬다. 100원짜리 동전 하나를 주인 아저씨에게 주고 종이 두 개를 잡아 뜯어 당첨이 되면 시계를 획득하는 '뽑기'였다. 아이들은 그 시계를 획득하기 위해 가진 동전을 다 털어 넣었지만 그 시계를 획득할 수는 없었다. 하지만 나는 단돈 100원에 그 시계를 획득했다. 물론 많은 갈등 끝에 했던 도박이었지만 승리는 내 것이었다. 아버지에게 선물받은 시계를 얻을 때의 기쁨보다 수만 배 튀겨 낸 기쁨이 마음속으로 들어왔다. 나는 곧장 아버지가 선물해 준 시계를 풀어버리고 뽑기로 획득한 고가의 전자시계를 손목에 휘감았다. 아버지가 선물해 준 시계가 나를 하이틴 스타로 만들어 주는 것 같았다면 고가의 전자시계는 나를 특수요원인 '본드 중령'으로 만들어 주는 기분이 들었다. 하늘을 나는 기분이 들었다. 학교와 학급에서도 오직 나만이 주인공이 된 기분이었다.

그렇게 며칠이 지나 나는 아버지를 마주하게 되었다. 낮임에도 여전히 취기 어렸던 아버지는 자신이 선물해 준 시계를 아들이 착용하고 있는지 확인하고 싶었는지 나의 팔을 힐끔힐끔 보았다. 하지만 아버지 눈에는 좀 더 멋지고 고급스러운 고가의 시계가 눈에 들어왔다.

"못 보던 거네… 아버지가 준 건 어디 있어?"

아버지가 물었다.

"응! 그거는 잘 보관하고 있어! 이거 내가 뽑기해서 뽑은 거야!"

나는 자랑스럽게 말했고 또한 미안한 마음을 억누르며 대답했다.

마음속에 갈등이 생겨나기 시작했다. 나의 고급스러운 새 시계를 아버지의 손목에 채우고 좀 더 근사한 아버지를 만들어 드리느냐? 하는 마음과 아니면 그 마음을 철저히 무시하고 이 어색한 순간을 모면하여 넘기고 이 아름다운 고급스러운 시계를 계속 내가 영위해 나가느냐? 하는 마음이 충돌하며 싸우기 시작했다. 그것도 아주 격렬히 말이다. 하지만 그때 내 나이는 9살이었다. 그다지도 큰 배려를 입고 살아본 적이 없는 아이는 또한 누군가에게 배려를 할 내면의 힘이 없었다. 그것이 자기 아버지일지라도 말이다. 결국 아이의 이기적인 마음이 철저히 이겨버려 우스꽝스럽게도 아버지의 손목에는 파란색 어린이용 손목시계가 달리게 됐다. 취기에 비틀거리며 그 시계를 차고 뒤돌아가는 아버지의 모습을 보며 나는 미안하고 또 미안했다. 하지만 이 미안한 순간이 끝나면 고급스러운 손목시계를 소유했다는 쾌감이 이 미안한 감정을 이겨버릴 것을 알기에 돌아가는 아버지의 뒷모습을 물끄러미 바라보는 수밖에 없었다.

내가 배려라는 마음을 알게 되었을 때쯤 아버지는 세상에 없었다. 배려가 아버지를 향하려 해도 이젠 그럴 수 없었다. 그렇게 배려를 알게 되었을 때 나는 시간을 되돌려 몇 번이고 그날의 골목으로 돌아가 어린이용 손목시계를 차고 있는 아버지를 등 뒤에서 부르는 상상을 자주 했다. 그렇게 아버지에게 달려가 나의 손에 달려 있던 맞지도 않는 어른용 고급 손목시계를 아버지에게 건네는 상상 말이다. 그것을 몇 번이고 아쉬워하고 슬퍼했다. 이젠 그럴 수가 없다. 이제는 정말 그럴 수가 없다. 할 수만 있다면 시간을 되돌려 그 고급 손목시계를 직장은 없지만 늘 나에게는 직장인으로 보이기 위해 작업복을 입고 다녔던 아버지의 손목에 달아주고 싶었다. 그리고 더욱더 배려를 알게 된 지금은 없는 아버지에게 더 주고 싶은 귀한 것이 생겼다. 이제는 촌스러워진 어렸을 적의 고급 손목시계보다 더 고귀하고 진귀한 나의 시간을 아버지에게 주고 싶다. 다만 나의 이 유한한 시간을 얼마 분절하여 아버지에게 주어 아버지와 함께하는 그 시간 속에서 아버지의 손목에 고급시계를 달아 줄 수 있다면 나의 이 유한한 시간을 몇 번이고 잘라내고 싶다.

끝

작가 소개

최상훈/1981년 안성출생

    다소 결핍이 가득한 환경에서 자랐다. 그러나 그 결핍이 작가의 마음에 있는 강렬하고 희망에 찬 긍정을 짓밟지 못했다. 다만 학습 능력이 떨어져 한글과 구구단을 늦은 나이에 뗐다. 보이는 모습이 누추해서 그랬는지 오랜 시간 학교 폭력을 경험했다. 그럼에도 꿈을 꾸고 희망을 버리지 않았다. 학창 시절 가혹한 학교 폭력 탓에 영화와 책을 진통제 삼아 지냈다. 성적은 바닥이었고 소망이 없는 데서 소망을 꿈꿨다. 영화를 공부하려고 전문대에 입학했지만 당장 쓸 돈이 필요해 청년 시간의 대부분을 용역 일과 허드렛일을 하는 데 써 버렸다. 그렇게 하루 벌어 하루를 먹고 살며 꿈을 잊고 살아가다가 글이 쓰고 싶어졌다. 한 번에 성공할 수 있으리라는 막연한 생각도 있었지만 밭을 일궈 채소를 키우듯 꾸준히 글을 쓰는 사람으로 바뀌었다. 유식해 보이고 싶어서 러시아의 대문호인 알렉

산드르 솔제니친과 표도르 도스토옙스키를 억지로 좋아한다. 다만 바람이 있다면 작가의 누추함과 결핍과 어두움이 사람들에게 위로의 환한 빛이 되길 바라는 것뿐이다. 저서로는 이담북스의 소설 《드럼통》이 있다.

노예-폭력 교실의 하루

초판인쇄 2025년 01월 17일
초판발행 2025년 01월 17일

지은이 최상훈
펴낸이 채종준
펴낸곳 한국학술정보(주)
주 소 경기도 파주시 회동길 230(문발동)
전 화 031-908-3181(대표)
팩 스 031-908-3189
홈페이지 http://ebook.kstudy.com
E-mail 출판사업부 publish@kstudy.com
등 록 제일산-115호(2000. 6. 19)

ISBN 979-11-7318-168-9 03810

이담북스는 한국학술정보(주)의 학술/학습도서 출판 브랜드입니다.
이 시대 꼭 필요한 것만 담아 독자와 함께 공유한다는 의미를 나타냈습니다.
다양한 분야 전문가의 지식과 경험을 고스란히 전해 배움의 즐거움을 선물하는 책을 만들고자 합니다.